Em busca da Pirâmide de diamantes

© 2012 texto Marconi Leal
ilustrações Rodrigo Abrahim

© Direitos de publicação
CORTEZ EDITORA
Rua Monte Alegre, 1074 – Perdizes
05014-000 – São Paulo – SP
Tel.: (11) 3864-0111 Fax: (11) 3864-4290
cortez@cortezeditora.com.br
www.cortezeditora.com.br

Direção
José Xavier Cortez

Editor
Amir Piedade

Preparação
Alessandra Biral

Revisão
Alessandra Biral
Auricelia Lima Souza
Patrizia Zagni

Edição de Arte
Mauricio Rindeika Seolin

Impressão
EGB – Editora Gráfica Bernardi

Dados Internacionais de Catalogação na Publicação (CIP)
(Câmara Brasileira do Livro, SP, Brasil)

Leal, Marconi
    Em busca da pirâmide de diamantes / Marconi Leal; ilustrações
Rodrigo Abrahim — São Paulo: Cortez, 2012.

    ISBN 978-85-249-1871-1

    1. Literatura infantojuvenil I. Abrahim, Rodrigo.
II. Título.

12-01044   CDD-028.5

Índices para catálogo sistemático:

1. Literatura infantojuvenil   028.5
2. Literatura juvenil   028.5

Impresso no Brasil — fevereiro de 2012

Marconi Leal

Em busca da Pirâmide de diamantes

Rodrigo Abrahim
ilustrações

1ª edição
2012

Para Caio, nosso filho.

Sumário

1

A viagem

Eu era muito pequeno quando li sobre a Tétrada pela primeira vez. Lembro apenas que segurava um jornal velho, enquanto um barbeiro cortava meu cabelo. Meses mais tarde, ao folhear uma revista semanal de fofocas, deparei com a notícia da morte de "Drake A., um envolvido na busca à lendária Tétrada Diamantina". Então, minha curiosidade pelo assunto já era enorme.

Mas foi só durante uma inspeção na Biblioteca Estadual que, mais uma vez sem querer, ao consultar a *Enciclopedia Oyribe* para um trabalho de Matemática, acabei enfim por descobrir explicações sobre aquele "ser" misterioso. Tinha então sete anos e fui absolutamente tomado pela ideia de encontrá-lo.

Essa obsessão, aliás, parece ter sido uma constante na vida dos que buscaram a Tétrada. Segundo Allan B. Post, o italiano Andrei Ferrara dedicou sessenta anos à procura dela, tendo morrido em consequência de um naufrágio no Mediterrâneo, como reza a lenda, amaldiçoando até a sexta geração dos futuros aventureiros. Já o francês Auguste Venderent, dominado por possante intuição, se enfiou no Deserto da Síria na companhia de oito expedicionários. Tinha tamanha certeza de estar no rumo correto que se esqueceu de munir-se de comida. Acabou tristemente devorado por animais selvagens que, tudo indica, não tiveram o mesmo descuido.

Talvez por desconhecer esses relatos, minha mãe não se assustou quando lhe falei que abandonaria o colégio e usaria a rica herança deixada por meu pai para viajar à Europa, à África e ao Oriente Médio atrás de um objeto que muitos pensavam ser fictício. Por isso e também porque, ao longo dos últimos sete anos, havia me aplicado nos estudos de grego, latim, alemão, inglês, línguas neolatinas e outras das inúmeras matérias da grade curricular do Instituto Logan, escola para crianças superdotadas do Recife, tendo em mente esse objetivo.

– Você é louco – disse ela apenas, olhando-me de lado. E, suspirando, telefonou para o médico da família e para meus tios, repetindo a todos que eu estava fora de mim. Mas nem a parentela, nem seu último esforço de evocar a memória de meu falecido pai como argumento me fizeram desistir da ideia. O que, é certo, ela já esperava.

Sendo assim, um mês depois desse episódio, eu partia sozinho para Atenas, graças a um documento assinado por mamãe que me emancipava (ou seja, segundo a Lei, a partir de então, eu era um adulto), com a esperança de achar a "pirâmide de diamantes", como a chama Carlos Cuna Souto. Carregava uma mala de tamanho médio, poucas roupas, vários livros e uma Bíblia. Tinha 1,80 metro e o corpo atlético que uma educação física espartana havia me proporcionado. Parecia mais velho, mas tinha acabado de completar dezesseis anos.

No Aeroporto do Recife, mamãe se despediu, limpando ruidosamente o nariz num lenço:

– Vai em paz. E vê se encontra essa droga.

Àquela altura, eu sabia que a Tétrada, caso realmente existisse, poderia render dezenas de milhões de dólares.

2

Em Atenas

A viagem até Atenas foi agradável. Tenho a impressão de que o trajeto foi menos longo que minha permanência no aeroporto grego. Em parte porque, por três vezes seguidas, vi minha mala passar na esteira rolante e não pude pegá-la por causa da aglomeração de turistas. Quando finalmente me aproximei do carrossel de bagagens e me preparei para recolhê-la, um tipo alto e magrelo de origem eslava a puxou antes de mim. Após longa polêmica – durante a qual a mala foi aberta em pleno saguão –, finalmente ele reconheceu, ainda um pouco incrédulo, que os pares de cueca com meu nome não lhe pertenciam.

Livre da alfândega, esperei outros aborrecidos minutos na fila por um táxi. Finalmente, ao término de 1 hora e 40 minutos de estrada barrenta, estava na cidade. Durante o trajeto, enquanto passávamos por caminhões abarrotados de árabes e imensos buracos, o motorista turco se fazia amável. Risonho, falava incessantemente, gesticulando muito e me cutucando ao fazer seus comentários. Pena que não entendesse uma palavra do que ele dizia.

O hotel ficava em ótimo local, a cerca de dez minutos de caminhada do bairro antigo, chamado Plaka, e da Acrópole. Assim que me vi no quarto, deitei e dormi profundamente até as 14 horas. Ao acordar, tomei um banho frio e desci para o almoço. Do terraço do restaurante, podia ver o Partenon cercado por montanhas e uma série de construções em meio a árvores ásperas. Poucas pessoas estavam ali àquela hora. Pedi um prato de pernil de carneiro e batatas, ou *psitó*, ao garçom e o aguardei tomando um copo de Coca-Cola.

Antes que pudesse terminar a refeição, queimando os lábios no molho quente de pimenta, assisti à entrada de um estranho hóspede. Baixo e gordo, pele queimada de sol, fartos bigodes, o homem se vestia mais ou menos como se estivesse pronto para um safári. Tinha a seu serviço um pigmeu que carregava um *laptop* sobre a cabeça.

Ao entrar, deu boa-tarde a todos e se sentou, reclamando do pequeno ajudante. Solicitou um martíni e passou a falar a um e outro conviva, gesticulando muito, com erres de alemão.

Às 16 horas, como o sol estivesse um pouco mais baixo, segui para Plaka. Ali ficava a sede ateniense da Ordem Fleummeriana, à qual escrevera um ano antes me candidatando à busca da Tétrada Diamantina. Minhas credenciais haviam sido analisadas e, quando já pensava ter sido ignorado, recebi um telegrama em que constava uma única palavra:

"Venha."

Foi o que me levou àquele bairro turístico de prédios neoclássicos, logo abaixo dos muros da Acrópole e a suas ruas pequenas, cheias de músicos, vendedores ambulantes, quiosques e cafés.

Sendelson, em seu livro *O caminho grego para o Novo Graal*, ao relatar a passagem de Mendel Pierce por Plaka, diz que o caça-tesouros francês "sofreu ímpetos inexplicáveis e densa agonia", salientando ter sido ele o homem que até então havia chegado mais próximo da Tétrada. Mas a opinião de Sendelson a esse respeito é um tanto suspeita, pois tem a intenção de achar sinais da Providência nos mais corriqueiros fatos da vida de Pierce.

A verdade é que me emocionei ao ver o bairro pela primeira vez e depois, ao caminhar por ele, sentia se alternarem em mim relaxamento e angústia. Naquele dia, entretanto, não observei essas reações mais de perto. Fui direto à sede da Ordem, que ficava no fim de uma rua quase deserta, afastada de lojas e residências.

3

Na sede da Ordem

A porta da casa de dois andares estava aberta. Entrei no vão amplo, sem móveis ou lâmpadas, que exalava forte cheiro de mofo. No segundo pavimento, dei também com salas vazias e odor enjoativo. Pelas janelas abertas, podia ter uma boa visão da cidade. Ouvia vozes das ruas. Após chamar insistentemente, tornei a subir a escada. As tábuas rangiam sob meus pés. O pó do corrimão deixou meu braço negro. Por toda parte, havia teias de aranha e casulos de insetos.

O último andar era o mais escuro de todos. Ali, a sujeira se acumulava nos quatro cantos. Observei o movimento das baratas sobre tacos soltos, por trás de velhas cortinas. Respirando pesadamente, avancei para os outros cômodos.

Um quarto dos fundos estava aceso. Empurrei a porta de leve. Ao esticar a cabeça por entre a brecha que se formou, vi uma cena inacreditável. Atrás de uma escrivaninha, iluminada por velas gastas e mordendo uma maçã, uma mulher de cerca de cinquenta anos olhava para mim.

– Sente-se. Você está atrasado – disse ela, apontando a cadeira que tinha diante de si e ajeitando o lenço vermelho que cobria sua cabeça.

Entrei no quarto e fiz o que me pedia. Em seguida, ela colocou um papel sob meus olhos, cuspindo pedacinhos da fruta:

– Assine.

Tentei ler o que estava escrito. Só reconheci meu nome, ao pé da página.

– Pronto – anunciou, quando assinei. – Entraremos em contato.

Como eu permanecesse na cadeira, abobalhado, ela arqueou as sobrancelhas, inclinou a cabeça e cruzou os braços, sinalizando que não tinha mais tempo a perder comigo. Levantei-me e me afastei sem olhar para trás.

Antes que alcançasse às pressas o último lance de degraus, com a impressão de que aquela mulher soltaria os cachorros ou viria ela própria me morder a qualquer momento, dada a sua expressão de desgosto, cruzei com outra senhora. Esta tinha o cabelo espetado, tingido em cores aberrantes. Subia a escada e, ao me ver, sorriu educadamente, engelhando ainda mais a pele enrugada. Tomei um susto, me desequilibrei e caí, rolando até o chão.

– Meus Deus! Você está bem? – perguntou ela, descendo para me socorrer.

Trêmulo, aceitei a mão que me dirigia e, resmungando, tratei de sair dali.

De volta à rua, perambulei, assustado. Parei, afinal, num café à esquina de uma das vias principais. Sentei-me sob os galhos das árvores de um pequeno parque que o marginava, sentindo o vento agradável. Bebi um copo d'água e tomei um café, observando o fluxo de pedestres. Só então me acalmei. Tive pela primeira vez aquela sensação agradável dos turistas em uma cidade estrangeira.

Minutos depois, vi o eslavo louco do aeroporto a poucos passos de minha mesa. Ele me cumprimentou, apontando para a mochila de alpinista que tinha às costas (nada parecida com a minha, por sinal). Naquele momento, mostrava um rosto amigável como o de todos os passantes naquela tarde festiva em Plaka.

Após o eslavo, distingui no meio da multidão a senhora de cabelo *punk* que quase tinha me matado de susto. Andava apressada, em passos miúdos. Notei que trajava saia preta de couro, blusa de seda transparente (de manga comprida, apesar do clima bom) e coturno. As cores de seu cabelo, fixado para o alto, eram verde, roxa, preta e cinza. Tinha muitas joias espalhadas pelo pescoço.

Às 20 horas, jantei num restaurante das redondezas, caro e ruim. Detalhes que só percebi no dia seguinte, enquanto tentava me lembrar de um sonho bastante intrigante.

4

O sonho

No dia seguinte, eu me levantei da cama molhado de suor. Durante toda a madrugada, sonhei que uma mulher pálida, de olhos claros e lábios finos, se aproximava de mim, tentando me dizer alguma coisa. Como eu dormia, ela me balançava até me derrubar no chão. Nesse momento, o nobre Almey Fleummer a segurava pelo braço, interrompendo sua fala. (O curioso é que realmente acordei diversas vezes ao longo da noite, sobre o carpete do quarto, nas posições mais extravagantes.)

Em meu sonho, Fleummer tinha uma armadura que havia visto em ilustrações de uma obra a seu respeito e uma barba que raspou antes de sua viagem à Grécia. À época, havia sido quase excomungado. Suspeito de praticar alquimia, comprou a indulgência da Santa Inquisição. Talvez já pensasse na Tétrada, mas se dispunha mesmo a estudar a filosofia pré-socrática e, para muitos, seguir o caminho do apóstolo Paulo. Em 1675, vendeu seu patrimônio e deixou a terra natal.

Saí da cama direto para o banheiro. Estava um tanto febril, com a sensação de ter engolido dúzias de lâminas de barbear. Quando o serviço de quarto me trouxe, por engano, um prato de comida, em vez do antiácido que tinha pedido, expulsei o funcionário, brandindo uma escova de dentes.

Passei a manhã e a tarde inteiras indisposto, assistindo aos mais horrorosos programas televisivos. À noite, um pouco melhor, resolvi descer para jantar e me abanquei à mesa do homem de forte sotaque germânico que havia me chamado a atenção na véspera.

– Oh, sente-se, sente-se, meu amigo – convidou ele, ao ver que procurava lugar no salão cheio. – Fique à *fontade*!

Agradeci e me sentei, enfadado.

– Me chamo Higgs. Esse aqui é Peeter, meu *secretárrio* – continuou, mostrando o pigmeu à sua direita. Este sorriu brevemente e retomou as colheradas que dava num pudim.

Feitas as apresentações, o alemão passou a narrar uma série de acontecimentos confusos e muito engraçados (ao menos para ele), que não fiz o menor esforço para entender. Ouvi apenas que ele tinha passado vários anos na África e na Ásia. Trabalhava com tapetes persas e joias finas. Conhecia metade dos países do mundo. Residia atualmente em Chipre.

Quando dei por mim, já eram 20 horas. A sala estava quase vazia e o alemão ingeria a terceira dose de gim, enquanto Peeter observava tudo, de olhos arregalados, sugando e mordendo o canudinho do refrigerante. Pedi licença e fiz menção de me retirar. Higgs insistiu:

– *Fai* para Plaka?

– Não sei. Talvez.

– Posso acompanhá-lo?

Disse que sim a contragosto. Meia hora depois, nós nos reunimos no saguão do hotel e marchamos os três para o bairro histórico. Durante a caminhada, o alemão esteve intranquilo. Em Plaka, retomou o ânimo. Tive certeza de que estávamos sendo vigiados.

Andamos por lojas, visitamos museus, conhecemos livrarias. Por toda parte, Higgs se enchia de bugigangas, cobrindo o pobre pigmeu de sacolas às vezes de seu próprio tamanho. Portava-se como cicerone, indicando lugares e tecendo comentários sobre eles. Num bazar de tapetes e objetos do Oriente, ele me deu uma aula sobre confecção. No Museu de Arte Folclórica, descreveu minuciosamente a matéria-prima e o processo empregados na modelagem de cada utensílio. Ouvimos música clássica de um russo tocador de acordeom. Tivemos nossos nomes escritos em caroços de arroz. Conhecemos dezenas de vendedores de contas e pulseiras.

– Esta é a Torre dos Ventos – disse, ao fim de duas horas, indicando um sítio arqueológico, parte da antiga ágora romana.

Fiz que sim com a cabeça. Ele seguiu dando informações. Mas nada daquilo me interessava. Ao contrário. Mais de uma vez, tentei me afastar. Entretanto, o bigodudo me prendia em seu falatório.

Tarde da noite, como ele parasse numa venda às portas da Acrópole para usar o banheiro, agarrei a oportunidade e me escondi, descendo novamente para Plaka. Ao me ver finalmente livre, eu me dirigi à sede da Ordem Fleummeriana, onde pretendia desfazer o mal-entendido da véspera.

5

Perseguição

Encontrei a casa aberta como antes e subi as escadas, imerso numa escuridão total. Quando cheguei ao último andar, eu me arrependi de ter retornado. A sala em que a mulher de lenço me entrevistou estava desocupada.

Dei meia-volta, tateando a parede. Então, ouvi passos e me detive, suando frio. Naquele exato instante, lembrei que Fleummer tinha sido perseguido em Atenas, embora estudiosos como Ignois e Bethelheim acreditem que ele estivesse tendo alucinações. Há indícios de que a Igreja Ortodoxa não gostava de sua presença na Ática.

A 31 de agosto de 1678, ele escreveu em seu diário íntimo:

"Um religioso de vestes negras me procura, diariamente. [...] Têm-me seguido por toda a cidade. Não tenho um único momento de paz."

Alguns viram nessas linhas uma metáfora, sugerindo que Fleummer se sentia perseguido, sim, mas por suas antigas ideias cristãs. Quanto a mim, a figura daquele religioso de repente me pareceu bastante concreta. Em pânico, eu ouvia os passos na escada. Depois, no andar inferior.

Ao fim de meia hora, no entanto, os ruídos cessaram. Tremendo muito, voltei a me mexer e ganhei a rua.

Havia pouquíssimas pessoas no bairro àquela hora. Raros estabelecimentos estavam abertos. Sem pontos de referência, rodei vários quarteirões até achar a direção correta. Quando enfim encontrei o caminho, um vulto me acompanhava de perto. Acelerei o passo. Ele fez o mesmo.

Aos poucos, a distância que nos separava diminuiu. Desesperado, antes que pudesse me alcançar, entrei num vão escuro e subi as escadas de um cinema ao ar livre, onde duas ou três pessoas assistiam a um filme americano. Eu me sentei numa fileira ao centro, escorregando sob o espaldar da poltrona. Quase imediatamente, senti que alguém se acomodava atrás de mim.

Antes do final da fita, engatinhei até o fundo da sala, me arrastei no espaço entre as fileiras e alcancei a parede do outro lado. Dali, sempre agachado, passei ao corredor que dava acesso à saída. Achava que estava livre, quando uma mão grossa me agarrou pelo colarinho.

– Aonde pensa que vai?

Por sobre os ombros, vi um homem musculoso. Ele me atirou para o lado e eu atravessei um balcão de madeira, caindo dentro do bar do cinema. Ouvi o barulho de garrafas e copos se partindo.

– Passa o dinheiro – gritou, levantando-me do chão pela camisa e me empurrando contra prateleiras.

Bati a cabeça e caí novamente. Ele me alçou pelas orelhas e me lançou para fora do bar. Não satisfeito, me arrastou até o terraço, encostando-me na sacada.

– Vou atirar você lá embaixo!

Ao ouvir aquilo, agarrei o parapeito. Ele rosnava:

– Tá pensando que pode entrar assim, sem pagar?

Foi então que percebi o engano: aquele não era o sujeito que me perseguia, mas um segurança do cinema.

– Calma – gritei. – Desculpe, vou pagar! Posso pagar!

Essas palavras surtiram efeito. Ele me soltou e eu, sentindo os ossos estalarem, saquei da carteira uma nota de vinte dólares, que lhe passei. Ele pegou a cédula e a inspecionou. Logo estalou a língua, convencido, e disse, retirando-se:

– Obrigado.

Era madrugada. Depois de recobrar o fôlego, voltei o mais rápido que pude para o hotel, jurando torcer o pescoço de qualquer um que cruzasse a minha frente. Por coincidência, a primeira pessoa que vi no saguão do estabelecimento foi o camareiro contra quem, horas antes, tinha esgrimido uma escova de dente.

– O senhor Higgs deseja falar com o senhor – disse ele, um pouco trêmulo, entregando-me a chave do quarto.

Soltei um xingamento e me recolhi, maldizendo o mundo.

6

Solidão

Demorei três dias para sair do hotel novamente. Estava assustado. Uma solidão brutal me deixava a maior parte do tempo prostrado na cama, imaginando catástrofes. No segundo dia de reclusão, mamãe me ligou:

– E então, achou o troço?

– A senhora se refere à peça que tem sido procurada por centenas de pessoas nos últimos três séculos?

– Volta pra casa, menino!

– Não – disse, desligando o telefone para esconder o choro.

Durante o tempo de confinamento, Higgs vinha me fazer companhia. Eu lhe tinha dito que estava doente, mas ele negava essa possibilidade, rindo, íntimo como se nos conhecêssemos há dois ou três milênios. Trazia baralhos, champanhe e Peeter, que nos servia com a presteza de um palhaço de circo. Quando o pequeno fazia alguma bobagem, como derrubar copos ou bater na mesa em que jogávamos gamão, Higgs dava bengaladas na própria cabeça e me pedia desculpas, transtornado.

À noite ou de madrugada, eu relia algo sobre a Tétrada nos livros que tinha comigo. Como o sangue me fugia a cada barulho estranho que ouvia no corredor, acabei folheando a Bíblia mais que o previsto. Ela deveria ser apenas um objeto de estudo, mas acho que, de alguma forma, sua leitura acabou me reconfortando.

Ao analisar Mateus 6,34 ("Por isso, não fiquem preocupados com o dia de amanhã, pois o dia de amanhã trará as suas próprias preocupações. Para cada dia, bastam as suas próprias dificuldades"), por exemplo, eu sabia que procurava o motivo para o versículo aparecer às margens de um texto de Fleummer que narrava sua ida ao Cairo. Achava estranho que o nobre citasse o evangelho, pois, à época, parecia afastado do cristianismo. Porém, eu me interessei, como nunca antes, pelo sentido da passagem, como se significasse que Deus cuidava de minha jornada.

No fim de semana, Higgs me convenceu a encarar a rua mais uma vez. Nossas conversas, apesar dos seguidos encontros, tinham sido sempre supérfluas. Nada lhe contei de meus objetivos em Atenas e ele sustentava ainda a história de que era negociante de tapetes. Aliás, não conversávamos, propriamente. Ele monologava, enquanto eu o ouvia desatento e Peeter assentia com a cabeça.

Seja como for, aceitei seu convite. Ainda não tinha recebido qualquer notícia da Ordem sobre meu futuro. Começava a duvidar da empreitada. Estava ansioso, e uma saída à tarde, ainda que não confiasse no acompanhante, pelo menos serviria para matar o tempo.

Fomos então para Plaka, onde Higgs logo encontrou uma turma de turistas que havia conhecido dias antes. O grupo era formado por três homens e cinco mulheres: dois casais de amigos italianos, um búlgaro, uma indiana, uma venezuelana e uma grega, que era a guia deles. Todos tinham entre dezoito e trinta anos. Estavam bronzeados e falavam maravilhas da Grécia e de suas praias. Sentamos a sua mesa num bar enfumaçado.

– Veio em excursão? – perguntou a grega, assim que me acomodei. Talvez estivesse estranhando a palidez de minha pele.

– Vim sozinho – respondi.

– Já esteve nas ilhas? – falou a venezuelana.

– Não. Ainda não.

– Ele *estefe* doente, coitado – explicou Higgs e bateu a mão pesada em meu ombro.

– Oh, que pena! – suspirou a indiana.

Quando me virei para ela, seus olhos brilhantes, muito negros, passeavam por meu rosto. Tinha uma expressão alegre e descansada. Era cerca de quatro meses mais nova que eu e se chamava Sara.

– Vai ficar por muito tempo? – voltou a perguntar a guia, com um gesto que não entendi.

– Não muito – falei.

Ela coçou o lábio inferior e permaneceu de olhos fixos nos meus.

– Meu nome é Hena – disse por fim, sorrindo.

A partir daí, fez muitas perguntas, só interrompidas pelos risos tímidos, os gestos delicados e a voz baixa de Sara. Em certo momento, sempre falando e bebendo, Hena puxou a cadeira para perto da minha, sacou um cigarro e o prendeu entre os dentes para que eu o acendesse. Risquei o fósforo com as mãos trêmulas. Sua presença me afligia.

Passadas algumas horas, o bar ficou cheio de clientes. Nossa mesa aumentou com a inclusão de novos turistas e nativos arregimentados por Higgs. Eu tomava sucos e me sentia à vontade. Hena falava ao meu ouvido.

Além de mim, Sara era a única que não fumava nem bebia. Ela e Peeter, que passou a tarde ingerindo amendoins de cestinhas trazidas pelo garçom, numa quantidade que daria para alimentar uma manada de elefantes. Manejando os dedinhos precisos, apanhava um bocado e levava à boca. Em seguida, dava um gole no refrigerante, estalava a língua e recomeçava.

– Você já tomou ouzo? – sussurrou Hena.

Eu lhe disse que não bebia. Sem escutar, ela pediu dois cálices do licor. Esvaziei o meu com uma careta. Hena pediu mais dois. Após algumas doses, ela me intimou, enxugando a boca na toalha da mesa:

– Vamos dançar.

E se levantou, puxando-me pela mão.

7

Mais que uma simples dança

Segui os passos firmes de Hena até o primeiro andar, onde havia uma boate. Como eu não tinha o costume de beber, o álcool fazia minha cabeça rodar, incrivelmente. No salão lotado, tocava musica eletrônica. Ela seguiu o ritmo. Tentei acompanhá-la, mas minha descoordenação era tanta que me sentia com três pernas. Enquanto procurava acertar o passo, fixava os olhos na grega, que requebrava o corpo como ninguém.

Ao perceber que outros homens olhavam para ela e um deles se aproximava para dançar a sua frente, fiquei enciumado. Assim, minutos depois de termos entrado, eu a puxei pelo braço e a trouxe de volta para o térreo. Ali, ela segurou minha mão e me arrastou para fora do bar, às gargalhadas:

– Venha!

Era noite. Não sabia para onde a guia me levava. Imaginei que iríamos a algum lugar reservado. A dança tinha atenuado o efeito do álcool e eu podia raciocinar melhor agora. Ainda assim, o caminho parecia estranho e a quantidade de pessoas nas ruas me confundia. Só percebi aonde havíamos chegado no fim de uma viela estreita, quando alcançamos um plano. Estávamos na Acrópole.

Até então, ainda não tinha atravessado as muralhas da cidade antiga dos gregos. Passamos pelas ruínas históricas em meio ao burburinho e aos *flashes* das máquinas fotográficas dos turistas. As luzes instaladas nos monumentos feriam minhas retinas, à medida que caminhávamos. De repente, eu me sentia deslocado e desatento, cercado por aquelas colunas e pilares que atravancavam nossos passos. No entanto, à vista do Partenon, fui tomado por um temor que me arrepiou os cabelos.

– O que houve? – perguntou Hena, ao me ver extático diante do edifício.

– Nada – respondi, e continuamos andando.

Não sei dizer como deixamos a Acrópole. Quando despertei da sensação que a estada à frente do Partenon tinha me causado, descíamos por um local abandonado, de poucas casas, onde a vegetação da encosta avançava sobre as ruas.

– Aonde estamos indo? – perguntei.

Ela apenas gargalhou. No sopé do morro, tomamos uma trilha enlameada e seguimos por entre árvores, arbustos e capim. Ganhamos nova elevação e chegamos a uma ampla clareira. Ali, Hena se sentou sobre uma pedra e me chamou para seu lado.

– Venha.

Deitei a cabeça em seu ombro e, calados e abraçados, passamos a olhar a Lua imensa sobre nós. Até aí é o que consigo lembrar. A certa altura, adormeci.

Quando acordei, o dia já ia avançado. Percebi que havia uma gruta na margem da clareira. No fundo da paisagem, via a Atenas moderna, enfeitada de milhares de casinhas brancas. Foi para lá que descemos.

Na rua, a grega me ensinou a voltar para o hotel. Trocamos números de telefone e segui para meu destino. Perto de chegar ao local onde estava hospedado, abri o papel em que ela deveria ter anotado seu número telefônico. No lugar dos algarismos, porém, havia uma frase: "Na gruta, amanhã à noite". E, sob a frase, o símbolo da Tétrada Diamantina.

8

Primeira pista

À mesa do café da manhã, Higgs balançou meus ombros e me disse, após um bocejo:

– Então a noite ontem foi boa, ahn? Há, há!

Olhei para ele por alguns segundos, calculando se derramaria minha xícara de café no seu rosto ou apenas na sua barriga. Desisti de ambas as ideias e tornei a baixar a cabeça pesada de sono, ouvindo as risadinhas esganiçadas de Peeter.

O alemão se referia a minha saída com Hena na véspera. Saída que tinha me deixado indignado, porque me sentia agora como uma peça do jogo promovido havia séculos pelos dirigentes da Ordem Fleummeriana. Nunca entendi a organização e os métodos da Ordem. Sua existência parecia obra de alguém que amava as fórmulas rituais da Igreja Seiscentista, como era o caso de Almey Fleummer.

A ideia da Ordem surgiu em 1675, ano em que Fleummer vendeu suas terras e iniciou sua famosa peregrinação. Estava desencantado com o clero, o qual havia apoiado incondicionalmente antes, tendo inclusive tentado financiar novas expedições de cruzados em sua mocidade. Alguns críticos, como Sebaste Montalbán, veem o motivo desse descontentamento no ciúme provocado pela união clandestina de Silvia Fleummer com o monsenhor Zimmer. Outros enxergam apenas o movimento natural do nobre que vê seu poder minguar com a ascensão da burguesia.

No entanto, é inegável que Fleummer não se sentiu mais confortável dentro do catolicismo desde que conheceu a alquimia, por intermédio do senhor de Anaipeu. A aproximação mesma dos magos representou certo desagrado e o princípio de sua "busca pela Verdade". No mesmo ano de 1675, portanto, livre da excomunhão, mas expatriado e separado dos amigos alquimistas, ele iniciou os estudos em Atenas. Nessa época, cogita-se, retomou as anotações no diário pessoal. Também surgiu o pensamento de transformar o diário em uma espécie de roteiro para as futuras gerações que quisessem seguir seus passos e de fundar uma loja maçônica que cuidasse da iniciação mágica dos interessados.

Em 1678, nasceu a primeira casa da Ordem da Tétrada Diamantina, mais conhecida atualmente como Ordem Fleummeriana. Não se sabe, porém, se o nobre já havia mandado fundir a Tétrada. Aliás, não se sabe se a relíquia de fato existe ou existiu.

Seja como for, Almey Fleummer não permaneceria na Grécia por muito tempo. Continuou sua busca espiritual em outros continentes. Surgiu então a necessidade de criar outras casas para, como diz Lewis Deberg, "preservar o itinerário sagrado".

Fleummer agiu da maneira que se esperava de alguém de sua classe no século XVII. O que não entendia era como, nos dias atuais, quando são tão poucos os que procuram a Tétrada e muito maiores as dificuldades para encontrá-la, ainda se cercava o "itinerário" de segredos e mistérios que apenas o faziam mais chato.

Primeiro, havia o sistema de seleção de candidatos. Muitos mandavam cartas para a sede grega da Ordem e tinham de esperar indefinidamente, sem que houvesse nenhuma garantia de que seriam chamados. Critérios desconhecidos eliminavam centenas de pessoas todo ano. (Segundo alguns estudiosos, a escolha se dava pelo exame das características morais dos concorrentes. Havia a corrente dos que achavam que se considerava sua beleza física ou capacidade intelectual e, ainda, a dos que julgavam haver simplesmente um sorteio.)

Vencida essa etapa, quando o sujeito finalmente chega a Atenas e vai à sede da Ordem buscar indicações para prosseguir viagem, uma figura irreal de lenço vermelho o manda aguardar novamente e não estabelece datas. Por fim, é avisado de um encontro da forma mais absurda.

– Pelo seu *carra*, *parrece* que não gostou muito...

Novamente, Higgs me sacudia pelos ombros, sentando-se à mesa. Olhei para ele e nada disse. Saberia algo sobre a grega? Talvez. Conhecia o grupo que Hena – ou qualquer que fosse seu nome verdadeiro – guiava e eu estava certo de que ele não merecia confiança.

Depois do almoço, fui a Plaka espairecer. Higgs quis me acompanhar, mas eu o impedi gritando um palavrão. Por volta das 15 horas, avistei o eslavo maluco em frente a uma loja de quinquilharias. Tinha ido comprar um postal para mandar para minha mãe e ele tentava a sorte num jogo de rua. Parei um instante, observando o modo como atirava uma bola de plástico a léguas de cada pino que deveria acertar. Após onze tentativas, parecia ainda tão motivado quanto a plateia que observava seu jeito excêntrico.

Aquele foi o único momento de diversão da tarde. Nervoso, não conseguia parar de andar. Os minutos escoavam numa lentidão desesperadora. Subia e descia as ruas, suando, tremendo de frio em pleno calor. Sentia que alguém me espionava. Os rostos dos transeuntes me colocavam em alerta. Passos no calçamento me agitavam.

Às 17 horas, eu estava cansado de caminhar. Minha cabeça pesava. Foi então que vi Sara cruzar por mim, saindo de uma loja. Vestia calça de brim, sandálias de couro, camiseta de malha e carregava uma bolsa de pano.

Fui até ela e a puxei pelo braço:

– Você me deve uma explicação!

9

Sara

-Como? – espantou-se a indiana.

– Eu disse: "Você me deve uma explicação!"

– Desculpe... Não entendo...

Empurrei a moça até a mesa de um café e a forcei a se sentar, perguntando:

– Você também faz parte da Ord...?

O garçom se aproximou, interrompendo a pergunta. Afastei o cardápio que ele me estendia e pedi uma água. Quando se distanciou, voltei a encarar a indiana, que parecia não compreender o que se passava.

– Você faz parte da Ordem? – repeti.

– Acho que está havendo algum engano...

Sara estava aterrorizada. Tinha os lábios pálidos. Esperei o garçom voltar com a bebida. Quando ele virou as costas, insisti:

– De onde você conhece Hena?

– Hena? Eu não... eu... Por favor, não me machuque...

Ela não disse mais nada, apenas soluçou. Após alguns segundos, eu a soltei. Sara permaneceu de cabeça baixa, encolhida sobre o próprio corpo. Enxugava as lágrimas em silêncio. Dei um gole na bebida, tentando me acalmar. Olhei em volta. Ninguém havia percebido a cena.

– Você já ouviu alguma coisa sobre a Tétrada? – falei, depois de cinco minutos em que ficamos mudos, convencido de que a mulher nada sabia a respeito da Ordem. Mas, antes que ela pudesse responder, ouvimos uma voz grave:

– *Orra, orra, orra*! Vocês por aqui!

Olhei e, desgostoso, vi Higgs acenar do meio da rua, seguido por Peeter.

– Posso me sentar? – perguntou o alemão, chegando e puxando uma cadeira. Virei o rosto. Sua presença naquele exato instante era no mínimo intrigante. – O que estão bebendo? Cerveja? Peço uma *parra* mim.

Mais uma vez, eu tinha a impressão de que ele me escondia algo. Sara me olhava com uma expressão de piedade.

– Está mais calmo?

Levantei-me calado, atirando o dinheiro da conta sobre a mesa, e voltei a caminhar, perdido em Plaka. Quando a noite caiu, estava no mesmo estado de espírito: cansado pela andança improdutiva, mas ansioso. Não jantei nem voltei ao hotel para trocar de roupa. E foi assim que me dirigi ao local designado por Hena.

Descendo da Acrópole, onde havia passado o final da tarde, ganhei o morro contíguo. Tinha uma lanterna, mas a noite nublada não me ajudou e demorei muito para alcançar o topo. Na entrada da clareira, percebi algum movimento. Passos. Apertei os olhos e segui em frente. Mais um pouco e notei que havia pessoas no lugar. À medida que eu avançava, os vultos iam se definindo.

– Quem vem aí?

Escutei a voz que não me era estranha.

– Sou eu – respondi, mais por medo do que por qualquer outra coisa.

– Quem?

– Eu – repeti.

Quando cheguei a poucos passos de quem falava, reconheci o eslavo amalucado.

– Oh, que coincidência! – disse ele, contente.

Algumas pessoas estavam a seu lado. Entre elas, a velha de cabelo *punk* que tinha me dado um susto dias antes. E, mais afastados, sentados sobre uma pedra, Sara, Peeter e Higgs.

O encontro

Éramos ao todo nove pessoas. Além de mim e dos cinco citados, havia ainda um sueco imenso, uma holandesa de cabelos encaracolados e um negro inglês. Depois que o eslavo fez as apresentações, nós nos sentamos em círculo, conversando como num acampamento de colegiais.

– Será que você é o último? – perguntou a holandesa a mim, achando uma graça despropositada na pergunta.

– Não faço a mínima ideia.

– Alguém sabe, por acaso, o que vai acontecer? – interveio o inglês.

– Um holocausto. Vão assar alguém em oferenda aos deuses – riu a velha de cabelo *punk*, e Peeter, amedrontado, cobriu o rosto.

Higgs e Sara permaneciam calados. Minha presença os inibia. Podia perceber, no entanto, que ele se esforçava para não se intrometer na conversa. Já ela mantinha a mesma expressão piedosa de antes nos olhos que, apesar de tranquilos, me davam uma angústia inexplicável.

A certa altura, o alemão não aguentou mais:

– Então, meu amigo, quer dizer que era esse o seu segredo? – perguntou, abrindo os braços.

Grunhi qualquer coisa como resposta. Ele insistiu:

– Ah, mas quero lhe dizer que nada sabia, nada! Nem a seu respeito, nem a respeito de *Sarra*, a quem conheci por acaso em Plaka.

Olhei para a indiana. Ela balançou a cabeça. Higgs voltou a falar, dessa vez para todos:

– Bom, bom, *agorra* que já nos conhecemos...

Em seguida, tirou um garrafão de vinho da mochila. Deu um gole e passou adiante, falando:

– Não há motivos para inimizade entre a gente. Que *fença* o melhor!

Quase escondi a cabeça debaixo da terra, envergonhado pela frase do bigodudo e pela estranheza que causou nos demais. Tudo bem que a cerimônia da Ordem me desagradava, mas tratar tudo aquilo como um simples esporte também não era correto. Ao que parece, a cena só comoveu a holandesa, que a achou, como todo o resto, muito divertida.

O sueco pegou o garrafão das mãos de Higgs, deu um pequeno gole e o entregou ao inglês, que deu um gole e o entregou ao eslavo, que deu vários goles e o entregou à pessoa mais próxima.

À medida que as horas avançavam e o líquido do garrafão era consumido, ao contrário do que seria de esperar, os reunidos ficavam mais agitados. A fome, o cansaço e a incerteza quanto ao que estava para acontecer obscureciam os rostos e o diálogo. No céu, as nuvens se dissiparam e a Lua surgiu. Sons de insetos e bichos da noite contribuíam para o estado de alerta.

Estávamos assim, quando avistamos ao longe a primeira de uma série de chamas galgando o vale.

– Meu Deus, o que é isso! – exclamou o inglês.

Eram tochas, vimos ao se aproximarem. Três tochas, carregadas por pessoas vestidas de branco.

– Não disse que iam nos tostar? – insistiu a velha de cabelo *punk*, fazendo Peeter se enroscar ainda mais nos braços do patrão.

Enquanto observávamos o cortejo, aconteceu algo ainda mais espetacular: a gruta, que tinha permanecido o tempo todo no escuro, de repente se acendeu. Dela saía um clarão que chegava até nós com um forte cheiro de ervas e óleo.

– Jesus! – disse o eslavo e se agarrou ao meu pescoço.

11

Pitonisas

O grupo de branco era formado por mulheres. Três carregavam tochas e outra vinha no meio, entre elas, trazendo uma espécie de canudo nas mãos. As quatro calçavam sandálias de amarrar e vestiam túnicas que deixavam um seio à mostra. Ao chegarem a uma distância de dez metros de nós, mais ou menos, ouvimos som de avenas, as flautas de Pã, tocadas por mais duas mulheres que acabavam de surgir à entrada da gruta. Convidados por elas, entramos.

No interior da gruta, depois de percorrermos cerca de duzentos metros, topamos com uma galeria muito quente e iluminada, onde havia pequenos bancos e trípodes, além de uma sétima mulher. Sentamo-nos nos banquinhos, conforme esta nos indicava. Suas companheiras tomaram os outros assentos. A que trazia o canudo nas mãos se acomodou num trono de ouro.

Ao longo das paredes, havia nove archotes e, nos quatro cantos da sala, bacias de cobre sobre descansos de cerâmica.

– Sejam bem-vindos! – disse do alto de seu posto aquela que comandava a sessão, após passar os olhos sobre os presentes.

Reconheci nela a funcionária de lenço vermelho que tinha me atendido na sede da Ordem. Usava agora os cabelos soltos e argolas douradas nas orelhas, mas permanecia com o jeito severo de antes.

– Nós somos as pitonisas responsáveis pela guarda dos segredos da Ordem Fleummeriana – continuou a funcionária, de pupilas dilatadas. – Vocês não estão aqui por acaso.

Em seguida, desenrolou o canudo que tinha nas mãos, deixando ver que se tratava de um pergaminho. E começou a ler:

"Os seguidores de Fleummer aqui reunidos, comprometidos com a busca da Tétrada Diamantina e reassegurando o..."

Enquanto ela lia e as outras guardiãs entoavam cânticos, eu me desconcentrei. Observava a fumaça cheirando a alfazema e azeite que subia das quatro bacias laterais. A encenação não me convencia.

Ao contrário de mim, meus companheiros acompanhavam os movimentos labiais da sacerdotisa-chefe com extrema atenção. Peeter sorria com olhinhos examinadores, balançando as pernas sobre o banco. Sara parecia triste. Quando nossos olhos se encontraram, voltei a me inquietar e virei o rosto.

Minha intenção era me manter acordado para ouvir alguma palavra inédita de Fleummer. Queria que lessem trechos perdidos de seu diário. Tinha esperança de que algum detalhe importante emergisse das linhas escritas pelo francês, dos textos secretos que haviam ficado nas sedes da Ordem e que, segundo a tradição, só poderiam ser revelados aos que seguissem o Caminho.

Mas esperaria inutilmente, porque não demorou até que o odor da fumaça branca que encheu o recinto, os cânticos afinados e a voz pausada da pitonisa nos levassem a uma espécie de embriaguez. No começo, pensei que só eu sentia o corpo adormecido. Porém, quando vi Higgs vacilar sobre o banco como um urso bêbado e a senhora de cabelo *punk* um tanto zarolha, comecei a entender o que estava acontecendo. De uma hora para outra, atingi um estado de relaxamento profundo e as cores se tornaram muito intensas. Então as mulheres nos deram cálices de prata. E nos fizeram ingerir um chá amargo.

– Bebam – sussurravam. – Bebam, bebam.

Comecei a sentir a cabeça e os ombros pesarem. Meu corpo vergou. Não ouvia mais a funcionária ler. As sacerdotisas me deitaram no chão, que parecia estar coberto de penas e ser formado de matéria macia.

– Relaxe – sopravam as vozes femininas. – Você está sonhando.

Então, vi uma sequência de cenas confusas. Linhas muito coloridas se misturavam umas às outras, formando um gigante. O gigante se desfazia no deserto e seus pedaços, levados pelo vento, produziam uma enorme bola, que caía no Mediterrâneo e lançava uma onda sobre Atenas. A água percorria as ruas da cidade e inundava a gruta onde estávamos, fazendo surgir uma estátua de bronze, que se partia em duas e revelava uma belíssima mulher, tocadora de avena. Os sons desse instrumento atraíam um cavaleiro sobre um robusto cavalo branco. Assustada, a mulher corria. O cavaleiro galopava atrás dela. E, assim, entravam cada vez mais na gruta que, de repente, se transformava em um corredor de hospital. A moça tropeçava e caía dentro de uma sala de operações. Sobre a mesa de cirurgia, era eu quem estava deitado. Ela se lançava sobre mim para pedir socorro. Mas eu não podia ajudá-la.

Despertei pela manhã, sentindo dores nas costas. Nada mais restava dos objetos utilizados na cerimônia da véspera. Não havia o menor sinal das pitonisas. Outros acordavam e, como eu, não acreditavam no que viam. Por incrível que pareça, estávamos todos acorrentados.

12

Acorrentados

Até a noite permanecemos ligados por correntes de ferro a argolas de aço chumbadas na rocha. Eu, que sofro de claustrofobia, sentia como se estivesse enterrado vivo. A diferença é que ali a morte jamais chegava. A não ser que se considere um verdadeiro homicídio ficar trancado num recinto com Higgs.

Durante horas seguidas, o alemão se lamentou, xingou e se debateu, atormentando a paciência de todos. Quando se calava, o silêncio era preenchido pelos muxoxos e fungados de Peeter.

– Ai, ai, que fome! – dizia o alemão.

– Ui, ui, ui! Ui, ui, ui! – ecoava o nanico.

A coisa irritou tanto que, a certa altura, o eslavo louco se levantou mais louco ainda de raiva e partiu para cima de Higgs, esquecendo-se de que estava preso. Resultado: caiu de cabeça sobre a barriga da velha de cabelo *punk* e levou um cascudo.

Momentos antes, ele tinha narrado sua experiência na véspera. Assim que tomou a bebida oferecida pelas profetisas, viu lances de sua infância na Hungria: um banho numa piscina de plástico, brincadeiras na areia de um parque infantil. Por fim, sua mãe, já falecida, entrava na gruta para abraçá-lo.

Como o eslavo, todos tínhamos entrado em transe. O inglês se viu montado numa enorme bola de fogo. A holandesa contou ter colhido flores num campo ensolarado. A velhota de cabelo *punk* teve uma péssima experiência: enxergou criaturas horrendas que a capturavam e tentavam colocar numa cruz.

– Quer dizer que ela viu os parentes? – sussurrou o eslavo para mim, quando ela acabou de falar.

Não consigo me lembrar dos outros delírios, mas certamente o mais fantasioso foi o de Peeter, que envolvia, entre outras coisas, Branca de Neve, a Estátua da Liberdade, dois duendes do folclore africano, o carnaval carioca, o naufrágio de um navio na Antártida e Sherlock Holmes. O sueco foi o único a permanecer calado.

De minha parte, foi só contando o que havia se passado comigo que me dei conta de um detalhe. A mulher que vi no meu transe, saída de dentro de uma estátua, era a mesma do sonho que tive no quarto do hotel, noites antes. Sua aparência era a mesma de uma famosa estátua de Atena, pertencente ao Museu do Vaticano. As vestes e o elmo eram iguais. E o cavaleiro que a perseguia era Almey Fleummer.

O historiador Mauri Svcenk conta que, nos séculos XVIII e XIX, vários dos aventureiros da Tétrada tiveram visões em diferentes fases da busca. Certo Thomas Bride, engenheiro, por exemplo, viu uma das Pirâmides de Gizé se deslocar e vir em sua direção. Bernardo Barbarecci, ex-padre genovês, por outro lado, pensou ter descoberto o local onde estava o objeto cultuado ao ver o Sol mudar de cor sobre uma montanha em Damasco.

Místicos e autoridades religiosas defendem a ideia da existência de sinais milagrosos no Caminho. Para os céticos, as visões nada mais são do que efeito do jejum, do cansaço e de doenças. No entanto, é difícil que se expliquem assim, entre outras, as aparições de santos no Cairo, por volta de 1870.

Seja como for, presos naquela gruta como nos encontrávamos, nossas experiências serviram para, pelo menos, nos conhecermos melhor. Foi conversando sobre elas que descobri ser o inglês uma figura bastante agradável. Trabalhava como marceneiro em sua terra natal. A holandesa risonha estudava Medicina na Escócia. E, para meu espanto, ouvi o eslavo dizer que era físico nuclear.

Sara trabalhava como enfermeira em um hospital público de Nova Délhi. Bisneta de portugueses, perdera os pais muito jovem. Tinha sido criada pela avó. Conhecia o Bhagavad Gita, estudava os ensinamentos de Buda e a Cabala.

A velha de cabelo *punk* era muito rica, possuía várias propriedades na África do Sul, seu país de origem. Quanto a Higgs, ele repetiu a história de que era vendedor de tapetes. Peeter não foi consultado. E o sueco, mais uma vez, se esquivou das perguntas, dando respostas vagas.

No princípio da tarde, as conversas diminuíram. A fogueira que tínhamos feito da mochila de Higgs estava se apagando. Eu sentia dores, cansaço e fome, mas me mantinha desperto, observando atentamente meus rivais. O aspecto de assembleia de alunos se desfez. Havia agora, entre nós, pequenos grupos afins e certa implicância entre algumas pessoas.

O eslavo mentecapto e a velha de cabelo *punk* não se entendiam. Quando, por exemplo, surgiu uma discussão sobre se deveríamos tentar romper as correntes, os dois bateram boca de tal maneira, que foi preciso acalmá-los.

– Podemos derreter o ferro – dizia o eslavo.

– Ai, que inteligência! – resmungava a outra.

O inglês era tratado monossilabicamente por Higgs. Peeter partilhava da antipatia do patrão e fazia caretas horrorosas para o súdito de Sua Majestade. Ademais, logo ficou evidente a união entre o sueco, a holandesa e Sara, bem como minha proximidade do inglês e do eslavo.

Estávamos assim, no fim da tarde, quando um lobo entrou na gruta. Arfava e os pelos de sua cabeça estavam sujos de sangue. Extintos os últimos focos de fogo, a escuridão era completa. Os sons do animal se mesclavam ao forte odor de suor e urina. O frio começava a se intensificar. Senti por duas vezes o lobo em minhas pernas e ouvi gritos finos, que penso terem saído da holandesa. Ficamos cerca de duas horas nesse clima tenso.

A noite já ia pela metade quando ouvimos eco de vozes, latidos e passos arrastados. Alguém entrava na gruta, trazendo luz. Espantados, vimos seis homens de máscara nos rodearem, segurando pela coleira alguns gansos selvagens e um cão.

13

Homens e gansos selvagens

Eles falavam entre si de maneira embolada. Usavam saias negras e máscaras de porcelana de várias cores. Colocaram os lampiões que traziam no chão e ficaram de frente para nós. O lobo havia desaparecido. Os gansos e o cachorro estavam de guarda à entrada da galeria.

Depois de alguns instantes de silêncio, dois dos jovens deram um passo adiante e recitaram um trecho de poesia. Em seguida, voltaram a seus lugares e outros dois avançaram. Após três ou quatro movimentos iguais, entendi que faziam um jogral sobre as viagens de Fleummer e sua estada na Grécia. Contaram sobre seu naufrágio na costa da Sicília e como tinha sobrevivido a um ataque de piratas mouros, lutado para estabelecer o primeiro centro de estudos filosóficos em Atenas e sido preso em Rodes. Adicionavam aos eventos históricos aqueles que a cultura popular e alguns escritores de inspiração folclórica mencionam, como a formação de uma armada para combater os turcos e o encontro com o líder etíope Mahar Sheri.

Quando o recital foi encerrado, os artistas voltaram a se perfilar e, de cabeça baixa, deixaram o vão em que estávamos. Saíram acompanhados pelas aves e pelo cachorro, em direção ao fundo da gruta. Imediatamente, duas mulheres vestidas como as pitonisas da véspera apontaram na saída do corredor. Dançando e erguendo vasos de cerâmica, incensaram o ar, espalharam folhas no chão e abriram passagem para um lirista. Quando este encerrou a música e as mulheres se retiraram, ouvimos um rufar de tambor e uma gargalhada.

Hena apareceu, envolvida numa clâmide. Dois mascarados lhe trouxeram uma cadeira. Ela se sentou, olhando para o nada. Outras gargalhadas se seguiram e um longo grito. Sentimos o chão tremer, como se corressem ao nosso encontro. Então, homens e mulheres de corpos pintados surgiram do fundo da gruta. Pareciam alucinados. Gritavam, cuspiam, derramavam vinho e azeite em nossos corpos, jogavam lama e flores sobre nossas cabeças. O alarido era insuportável. O espetáculo, horripilante.

Ao fim da sessão, que deve ter durado cerca de uma hora, ainda aos berros, eles se foram. Hena também se retirou, de rosto pálido, para o fundo da gruta. Em seguida, eles nos trouxeram pratos de comida, que foram enfileirados no chão a nossa frente.

– Vou matá-los! Vou matá-los! – urrou de repente Higgs, após se certificar de que não havia mais ninguém por perto.

Em seu arrebatamento, o alemão puxava Peeter pelo cabelo, jogando o empregado de um lado a outro.

– Vou matá-los! – insistia.

Usando de diplomacia, além de alguns puxões de orelha, conseguimos livrar o pigmeu dos braços do patrão. O pequeno foi confortado pela senhora de cabelo *punk* que, sob a luz dos lampiões, pareceu pela primeira vez ter o rosto de uma bondosa vovó.

– Acho que a gente precisa comer – disse Sara.

Sua voz me irritava. Olhei para os pratos, de onde subia forte cheiro de alho. A comida tinha o aspecto de uma sopa requentada. Aos poucos, fomos nos esticando em sua direção. Enquanto esperávamos que esfriasse, vimos o lobo entrar novamente na gruta, com passos miúdos. Ao ver o bicho, Higgs se levantou de repente e lhe esmurrou o pescoço. A pancada produziu um som seco.

– Cão! Cão miserável! – gritava o bigodudo, furioso.

Para alívio nosso, o animal fugiu. De ânimo refeito, comecei a comer. Porém, logo me senti mal. Suava. A visão ficou embaçada. Estava tonto. Tentava respirar e não conseguia. Antes de desmaiar, ainda ouvi uma frase: "Essa comida está envenenada!", acho que dita pelo eslavo.

14

Oráculo de Delfos

Acordei com os olhos úmidos de Sara sobre meu rosto.

– Tá se sentindo melhor?

Eu estava deitado em suas coxas, enquanto ela alisava meu cabelo. Estávamos no campo. O vento batia em nossas roupas. O sol brilhava sobre os montes que nos cercavam. O cheiro de mato era forte e a atmosfera estava boa.

– Tome – disse a indiana, encostando um copo d'água em meus lábios.

Bebi o líquido de olhos fechados. Meu estômago doía. A indiana me envolveu num casaco. Ao erguer a cabeça, vi a holandesa e o sueco sentados, de mãos dadas, sob a copa de uma árvore. Mais ao longe, o inglês caminhava. O eslavo e Peeter conversavam, um apoiado nas costas do outro. A velha de cabelo *punk* estava escorada numa pedra. Parecia exausta. E Higgs dormia, deitado sobre o capim.

Estávamos na encosta de um monte, próximo a ruínas clássicas. Dali, podíamos ver o mar e uma série de vales. Olhando atentamente para um dos edifícios, distingui um anfiteatro. Tentei me levantar para vê-lo mais de perto. Sara me impediu.

– Fique aqui. Você precisa de descanso.

Por volta do meio-dia, Higgs acordou. Até então eu tinha permanecido calado, observando a brisa sobre os galhos das árvores. Os demais também; quando se comunicavam, era por meio de gestos e olhares cansados.

Notei estar com febre. Sara me envolveu num segundo casaco e me aconselhou deitar novamente. Mas resolvi ficar em pé e andar um pouco para conhecer o terreno misterioso em que havíamos sido soltos, depois de drogados pela comida da Ordem.

Turistas chegavam de toda parte, descendo os morros, abarrotados de sacolas. Só então me dei conta de onde nós estávamos: no Oráculo de Delfos. Meu espanto foi tanto, que minhas pernas fraquejaram e eu caí sentado na terra.

O Oráculo de Delfos está localizado a dez horas de Atenas, num ponto bem no meio do mapa da Grécia. Por isso os antigos acreditavam que ele estava no centro do mundo. Encravado no Monte Parnaso, era o templo de Apolo, aonde viajantes, reis e guerreiros se dirigiam para saber do futuro, da sorte no amor ou do resultado de uma guerra. Foi por meio de uma consulta ao Oráculo que o filósofo Sócrates soube ser "o homem mais sábio do mundo".

Alguns autores especulavam sobre uma suposta estada de Fleummer em Delfos. Supunham que ele havia ido ao local do antigo Oráculo em reverência a Apolo – deus da perfeição artística, da beleza e da ordem –, o qual teria substituído em sua devoção o lugar antes ocupado por São Jorge. Outros achavam que sua ida a Delfos se devia à admiração por Sócrates.

Após me recuperar do choque, caminhei até os pilares do Templo e me sentei, pensativo.

Às 14 horas, nós nos reunimos para almoçar (Sara e o inglês haviam coletado comida entre os turistas) e passamos a discutir nossa situação.

– O melhor é esperarmos – disse o inglês.

– Esperar o quê? – perguntou o eslavo.

– Ora, se nos deixaram aqui, alguma coisa querem.

– Certamente. Nos matar – falou a velha de cabelo *punk*.

Não me interessei pelo diálogo. Trêmulo de frio, pouco me importava se deveríamos aguardar a Ordem. Não tinha ideia de como haviam nos transportado. Tampouco de como sairíamos dali. Queria apenas um local onde pudesse me deitar.

– Virão até nós – insistia o inglês.

– Acho que não – teimava o eslavo.

Enquanto a discussão prosseguia, Peeter e Higgs disputavam uma coxa de frango sobre o plástico que nos servia de mesa. Higgs tentava convencer o empregado de que a coxa era sua por direito, afinal ele era o patrão. Mas o pequeno não se dava por achado e, com os olhinhos ligeiros e os dedos ágeis, tentava apanhá-la.

Quando Higgs, com um tapa potente, afinal abocanhou o pedaço de ave, que já estava a um centímetro da boca do pigmeu, tínhamos chegado à conclusão de que esperaríamos pela Ordem.

15

Surge a Ordem

Dez horas. Foi quanto aguardamos, até que vimos algumas pessoas vestindo mantos e túnicas descerem pela encosta até nós. Carregavam tochas, entoavam cânticos. Não havia ninguém no monte àquela hora.

O cortejo parou ao atingir o ponto onde estávamos. Como na véspera, homens e mulheres usavam máscaras.

– Você e você – disse um dos homens do grupo, apontando para mim e para o sueco. – Levantem-se.

Meus olhos se cruzaram com os de Sara e notei que ela estava aflita. Não sei se imaginava o que ocorreria.

O sueco se levantou assim que ouviu a ordem. Eu demorei um pouco, pois me sentia fraco. O homem prosseguiu:

– Tirem a roupa.

Fizemos como ordenado. Ele continuou:

– Acho que os dois sabem como eram as lutas na Grécia Antiga, durante as Olimpíadas, não?

Consideradas precursoras do boxe, as lutas entre os gregos eram realizadas a céu aberto, sem espaço definido. Os oponentes não usavam luvas e lutavam nus. Valiam todos os golpes, e o primeiro a desistir do combate perdia. Às vezes, um dos combatentes acabava morto.

– Boa luta! – disse o homem por fim.

Imediatamente, o sueco se aproximou de mim. Seus olhos brilhavam, tinha os punhos cerrados. Minha desvantagem era enorme. Podia perceber isso na expressão assombrada do eslavo e no mastigar de unhas de Peeter.

O sueco tinha mais de dois metros de altura, braços de açougueiro e, pelo gingado do corpo, conhecia alguma luta marcial. Se, no melhor da minha forma, o páreo seria duríssimo, naquelas circunstâncias, a coisa poderia ser classificada como surra.

O primeiro soco me jogou no chão. Em seguida, recebi chutes nas costas e na barriga. Enquanto o sueco me batia, tochas foram acesas no alto do Parnaso e uma voz metálica soou aos nossos ouvidos. Não pude prestar atenção, claro. Mas, segundo parece, falava da permanência de Almey Fleummer em Delfos.

A luta durou mais do que eu esperava. Principalmente, porque a cara de desprezo do sueco conseguiu despertar em mim alguma força. Eu tinha apanhado por meia hora, estava sangrando e vencido quando o embate foi encerrado. Estirado no solo, vi os mascarados se retirarem e escutei uma última frase dita pela voz metálica:

– Ao deixar a Grécia, Fleummer desejou ir a Creta.

Então, com os olhos cheios de lágrimas, Sara e Peeter correram para me socorrer.

16

Creta

Cheguei ao porto do Pireu às 19 horas. O *ferry-boat* para Hania sairia somente às 21 horas, mas, com o clima chuvoso em Atenas durante todo o dia, resolvi me apressar e deixar o hotel mais cedo. Não queria perder a embarcação, que zarparia no último horário agendado, segundo havia me informado a moça do guichê.

Enquanto esperava na lanchonete, tomando um café, vi Higgs, Peeter, o sueco, a holandesa e Sara entrarem, uns após os outros. Também vi a velha de cabelo *punk*, o eslavo e o inglês, que haviam sido os primeiros a comprar as passagens e conseguiram partir no barco das 20 horas.

Ali, a velha de cabelo *punk* – que, soube então, se chamava Marta e tinha vivido muitos anos na Bolívia – me contou como o sueco havia feito de tudo para adquirir a passagem dela. Ofereceu dinheiro, apertou seu braço e a ameaçou. O inglês teve de intervir para que o homem a soltasse.

– É um covarde, um covarde! – disse a senhora, em tom solidário, antes de se dirigir à plataforma de embarque.

– Até Creta!– emendou o inglês, sorrindo.

– Boa sorte! – desejou o eslavo em seguida e me deu um abraço tão forte, que quase perdi a respiração.

Depois das despedidas, voltei a minha mesa. O porto estava lotado. Marinheiros, carregadores, árabes, ocidentais, padres, rabinos, gente de todo tipo ia e vinha sem parar. O vozerio era enervante. As pessoas estavam desorientadas. Apesar de não ser inverno, quando isso é mais frequente, ventava muito. Nos últimos minutos, a chuva tinha engrossado. Já se ouviam trovões, aqui e ali. Por causa do mau tempo, muitas viagens atrasavam ou eram canceladas.

Observava o tumulto, quando vi um sujeito franzino sentado sobre as malas de um carrinho de bagagem. Estava felicíssimo ali em cima e se divertia quando o carrinho passava sobre poças d'água. Era Peeter, guiado por Higgs.

– Como *faı focê*, meu amıgo? – perguntou este, ao me ver.

– Bem – menti.

Na realidade, meu corpo estava todo dolorido por conta da luta com o sueco, dias antes. Tinha esparadrapo na coxa, *band-aid* nos ombros, o rosto inchado.

O alemão se sentou a meu lado e continuou a falar, ininterruptamente, com o braço apoiado em Peeter, que vergava sob seu peso. Enquanto discorria sobre os assuntos mais disparatados, eu pensava na Tétrada. Percebia que a permanência em Atenas me serviu por uma única razão: saber que Fleummer havia viajado a Creta. A Ordem não nos cedeu outro dado da mesma importância. Mas saber aquilo era um grande avanço, porque nenhum pesquisador ou historiador tinha certeza do destino do francês após sua saída da Grécia.

– *Orra*, vejam quem acaba de chegar!

Naquele momento, Higgs interrompeu meu raciocínio para apontar o sueco, que se aproximava. Tive um calafrio. Não sabia como me portar. Sentia raiva e também a necessidade de escondê-la. Ao fim de um minuto, dissimulei a antipatia e o cumprimentei. Ele exibiu um sorriso breve.

– E então, pronto para a viagem? – perguntou Higgs.

– Sim – respondeu o sueco.

O alemão fez mais duas ou três perguntas, recebendo em troca o mesmo tratamento seco. Sua subserviência me irritava. Para meu alívio, porém, Sara e a holandesa chegaram. Marchamos, assim, para o local de embarque.

Esperamos ainda um longo tempo, sem saber se o *ferry-boat* sairia ou não, por conta da tempestade. Enfim, com mais de duas horas de atraso, pusemos nossos pés a bordo.

17

A bordo

Quando deixamos o porto para trás, não demorou para percebermos que o embarque tinha sido um erro. Estávamos em pé, no compartimento central do barco, que jogava muito. Nossos corpos se chocavam dentro do ambiente abafado. A maioria dos presentes, inclusive a tripulação, tinha fisionomias desmaiadas.

– Você acha que vai acabar tudo bem? – perguntou Higgs, trêmulo, após quarenta minutos de percurso.

– Sim, vai acabar tudo bem – garantiu Sara.

Eu não tinha tanta certeza. As ondas quebravam furiosamente contra o casco da embarcação. Tinha vontade de fazer como Peeter, que se encolhia ao redor das pernas de Higgs.

– Calma! Vamos ter calma! – pedia alguém de voz firme pelos alto-falantes.

Mas a tempestade não dava trégua. O *ferry* parecia prestes a perder o controle. O desespero tomava conta dos passageiros. Quando ainda era possível manter o equilíbrio, tínhamos recebido coletes salva-vidas e instruções sobre como deveríamos nos portar em caso extremo.

– Calma! Vamos ter calma!

Agora, o estrondo das vagas e a gritaria a bordo tornavam quase inaudíveis as frases que vinham dos alto-falantes.

– Calma! Calma! Calma! – prosseguia a voz, nada calma.

– Você acha que vai acabar tudo bem? – repetia Higgs, de dez em dez minutos.

Na última vez em que o ouvi, notei que Sara não respondeu.

– Calma... Calma...

A aflição aumentou com o passar do tempo. O sistema de som parou de funcionar. Já vivíamos um caso extremo. Éramos lançados de um canto a outro, voávamos por sobre mesas e cadeiras.

– Atenção! Atenção! Vamos deixar o barco! Todo o mundo para o deque superior! Atenção! Subam as escadas para o deque superior! Vamos deixar o barco!

Os tripulantes passaram a nos orientar com pequenos megafones. Eu havia me perdido dos outros aventureiros e rolava sobre o piso. Levantei-me, na tentativa de seguir as novas ordens, mas as escadas estreitas não permitiam a passagem da multidão que se acotovelava nos corredores.

– Calma! Mulheres e crianças primeiro! – pediam os marujos.

Apesar das instruções, o caos era total. Imprensado, eu recebia pancadas de todos os lados. Foi preciso muito esforço para que conseguisse chegar ao pavimento descoberto.

– *Porrr* aqui, meu amigo! – gritou Higgs para mim, assim que pus os pés no último degrau da escada.

Ele me acenava, prestes a entrar num bote salva-vidas. Peeter e o sueco estavam a seu lado.

– *Porrr* aqui! Venha!

Ondas gigantescas jorravam sobre o convés, arrastavam os passageiros. Podia ver botes salva-vidas e náufragos agitando os braços no mar revolto.

– Venha!

Higgs punha um pé dentro do bote. Peeter e o sueco já estavam acomodados. Eu me segurei na amurada como pude e me arrastei até eles. O barco adernou.

– Venha!

Faltavam poucos metros. As pessoas me estendiam as mãos. Estiquei o braço e senti dedos roçando os meus. Porém, de repente, uma onda explodiu atrás de mim, atirando-me para o alto e me lançando a metros de distância. Caí de costas no mar.

18

Náufrago

O céu e o oceano se misturavam numa escuridão só. Relâmpagos caíam a todo momento. Às vezes, as ondas cobriam totalmente minha visão.

– Socorro! – eu gritava, em pânico.

Tentando manter a cabeça fora d'água, percebia náufragos espalhados ao meu redor. Nadávamos em direção aos botes salva-vidas, que oscilavam, instáveis. Alguns viravam com seus passageiros.

Minhas braçadas eram inúteis. Quando conseguia um pequeno avanço, logo retrocedia, empurrado por ondas imensas.

– Socorro!

O colete não tinha eficácia. Era um peso a mais. Eu engolia água, sentia cãibra. O cansaço e o frio adormeciam meus membros. Os machucados da luta contra o sueco latejavam.

De repente, ouvi um estrondo. Fui atirado para cima e pude ver do alto o *ferry-boat* afundando. Quem estava mais próximo dele desapareceu. Pouco depois, vi outra cena aterradora. Um raio fulminou duas mulheres.

Haviam se passado, quem sabe, trinta ou quarenta minutos desde que eu estava no mar. Os botes que recebiam passageiros à deriva se distanciavam. Muitos náufragos tinham se afogado. Agora, eu me mantinha a maior parte do tempo lutando contra caldos. Não enxergava mais ninguém, nem tinha forças para gritar.

Então, uma onda imensa se formou bem perto de mim. Fui arrastado e observei estar no ponto onde ela desmoronaria. Pouco depois, recebi uma violenta pancada na cabeça. Não sei dizer se passei minutos ou segundos sob a água. Mas foi durante esses poucos instantes que enxerguei o fenômeno.

Para alguns, a quem relatei o caso mais tarde, o que vi foi um monte de sargaços. Houve quem arriscasse ter sido um golfinho, um tubarão ou qualquer outro animal marinho. Ninguém me levou a sério. Mas tenho certeza de que enxerguei uma figura feminina. A mesma que tinha visto antes em sonho e em transe. A mulher parecida com uma estátua da deusa Atena, que sempre surgia perseguida por Almey Fleummer.

Ela cruzou à minha frente como um fantasma. Nadei atrás. A imagem desapareceu. Mas acabei outra vez alcançando a superfície da água, onde o terror continuava o mesmo – gritaria, ondas, raios, tempestade. Observei um bote se aproximar por meu lado esquerdo. O sueco ia em pé sobre ele. Higgs e Peeter também.

Acenei dramaticamente. O bote passava a uns quinze metros. O sueco se voltou, parece mesmo ter inclinado um pouco a cabeça na minha direção. Não sei se me viu. Não se mexeu. Tentei gritar, mas não tinha fôlego. O bote se distanciou.

Fui tomado pelo desânimo. A chuva feria meu rosto, que estava submerso até o queixo. O frio era excessivo. Meus ouvidos encharcados doíam. Ainda assim, escutei uma voz bastante fina trazida pelo vento:

– Força! Força!

O som chegava por trás de minha cabeça. Ao me virar, deparei com Sara.

– Força! – gritava para outros, também entre os náufragos.

Pedaços de madeira e malas, os mais variados destroços se colocavam entre nós dois.

– Sa... a... aa... – tentei falar, mas a voz saiu num sussurro.

Agarrei-me a uma bola de plástico que boiava entre outros objetos. Mantive o peito colado a ela e levantei a cabeça. A quantidade de pessoas flutuando na água era bem menor. Restavam poucas, dispersas e mudas.

A tempestade amainou. Aos poucos, uma chuva grossa passou a limpar o ar carregado. Mesmo assim, uma onda rebentou sobre mim e me arrancou a bola. Não vi mais Sara ou náufragos. Nada escutava. Comecei a ficar tonto e pressenti que desmaiaria. Meus pensamentos se anuviaram e me convenciam de que o melhor a fazer era me deixar arrastar para baixo.

Nessas condições, levei novo caldo e quase perdi a consciência. Semidesfalecido, entretanto, percebi que me suspendiam pela camisa. Fui atirado dentro de um bote salva-vidas. Pouco depois, vomitando muito, vi quando recolheram mais dois náufragos. Um deles era Sara.

19

No bote

Havia três adultos, duas mulheres, um adolescente e uma criança dentro do bote. Eu, um casal com o filho, um homem grande e corpulento, Sara e o jovem que tinha sido resgatado com ela.

Durante a madrugada, o mar, que tinha se acalmado, voltou a ficar agitado. Quando o bote passou a ser atingido por ondas mais altas, o pânico retornou. Foram as horas mais terríveis de todo o tempo em que permaneci à deriva.

A certa altura, fomos alçados até a crista de uma onda. O pai da criança, que estava na proa, tentou se aproximar da mulher. Naquele minuto, nós caímos muito rápido, antes que ele conseguisse chegar até ela. Com o sopapo, foi atirado ao mar.

Em meio aos gritos da mãe e da criança, o jovem se precipitou em sua direção. Por alguns instantes, vimos a fisionomia de desespero do náufrago iluminada por raios.

– Segure minha mão – gritou o rapaz.

Nesse momento, porém, o bote inclinou. O jovem girou sobre o corpo e também caiu, de cabeça, na água. Mas continuava preso a uma corda. E assim ficou durante um minuto, sem que o balanço do bote permitisse que pudéssemos ajudá-lo. Finalmente, escorregou. E desapareceu como aquele que queria salvar.

Essas cenas foram chocantes. Porém, a agitação que vivemos até a chegada da manhã foi tanta, que não houve tempo para pensar nelas. A travessia, no sobe e desce do mar, parecia impossível, mas resistimos. Pela manhã, com o mar calmo, uma claridade opaca de neblina substituiu a escuridão.

A mulher e seu filho continuavam recolhidos num canto do bote. Ela chorava. O menino tentava consolar a mãe, limpando as lágrimas que escorriam pelo rosto dela.

– Papai vai voltar – dizia, em espanhol.

Assim passamos a primeira manhã no mar. Por volta das 11 horas, a neblina baixou um pouco e ouvimos barulho de helicóptero. Agitamos os braços, mas não dava para ver nada além do acinzentado das nuvens.

Ao meio-dia, consegui finalmente me livrar do enjoo e me levantar. Em pé na proa, o homem corpulento batia com o remo na água. Sara abraçava o menino e sua mãe na popa. Reparei que minhas roupas estavam úmidas e que meu relógio funcionava. Ventava pouco, o bote seguia lentamente. Começava a fazer calor.

– Que é que você está fazendo? – perguntei ao corpulento.

Ele tomou um susto. Acho que falei muito alto por conta da audição prejudicada.

– Peixe. Tentando pegar um peixe.

Engoli seco. Entendi que ele estava falando em comer peixe cru.

– Passam muitos cardumes, mas... – voltou a falar, encolhendo os ombros.

Sem dizer nada, fui para perto de Sara.

– Como você está? – perguntou ela.

– Surdo.

– Deixe eu dar uma olhada.

Deitei a cabeça em seus joelhos e ela se debruçou sobre minhas orelhas. Depois de algum tempo, disse:

– Até onde posso ver, não há nada de anormal. Seria bom que tivéssemos um aparelho médico.

– Seria bom que tivéssemos terra à vista – respondi.

– Você não quer um chiclete?

A voz era do menino. Prestativo, se equilibrava com dificuldade sobre o chão do bote. Parecia disposto a conversar.

– Mastigar chiclete é bom para a pressão dos ouvidos – completou, pondo a mão no bolso da calça e tirando um pacote amassado e molhado. Tinha olhos escuros, vivos, e cabelo preto escorrido.

– Ótimo – disse, fazendo uma careta, quando mordi um dos tabletes salgados. Ele sorriu.

Marcel (era esse o nome dele) tinha uma inteligência acima da média das crianças de sua idade. Falava espanhol, inglês e grego. Seu pai era ateniense e a mãe, argentina. Nasceu em Buenos Aires, mas morava desde os dois anos de idade em Atenas. Quando houve o desastre, estava indo passar férias com a família em Creta.

Passamos a tarde conversando uns com os outros, tentando distrair o medo. O silêncio do mar era assombroso. O calor também. Tínhamos fome e sede. Sara nos aconselhou a proteger os pulmões contra os raios solares e a evitar a todo custo a tentação de beber água salgada. Não sabia dizer em que direção o bote andava sob aquele mormaço asfixiante.

– Acho que estamos indo para o norte – falou a certa altura o senhor corpulento, como se conversasse consigo mesmo.

Ele estava sentado na popa, limpando um peixe esbranquiçado que tínhamos acabado de pescar, golpeando com o remo alguns peixes que se entredevoravam na superfície da água. Apesar da fome, ninguém se animava a provar a comida. Seu aspecto nauseante e seu cheiro desagradável provocavam engulhos.

– Como sabe? – perguntei, após alguns segundos.

– Não sei – disse ele. – Apenas acho.

Em seguida, inesperadamente, passou a narrar lances de sua vida. Entremeava fatos com dentadas no peixe cru e deixava escorrer uma baba grossa pelos cantos da boca.

Martin trabalhava como carteiro na Flórida. Tinha deixado os filhos num condado nos arredores de Miami com a segunda mulher. Ela queria um pacote para o Canadá ou para as Bahamas, mas ele insistiu que precisavam conhecer a Europa.

Nesse ponto, ele parou a narrativa e se entregou a um choro arrasador.

– Ela era minha vida.

Quando se controlou, retomou a conversa e as mordidas na massa branca do peixe. Se amasse a mulher ao menos tanto quanto aquele alimento, pensei, estaria de fato sofrendo bastante. Voltou a falar. E creio que continuaria até a madrugada, caso Natália não o tivesse interrompido ao se levantar de repente, apontando para o horizonte e gritando:

– Olhem! Um navio!

20

Navio

Enquanto Martin se levantava e acenava com a camisa em punho, nós nos pusemos a remar, gritando. Nossa euforia, contudo, fez que o bote rodopiasse e se movesse em todas as direções, menos na que queríamos. As luzes cresciam e pareciam vir ao nosso encontro. Vez por outra, desapareciam para reaparecerem mais à frente. Pulávamos e abanávamos os braços.

Pensei ter visto parte do casco do navio. Mas na verdade, depois de aumentarem de raio como grandes estrelas, as luzes tornaram a diminuir. Até que sumiram e nos deixaram sós, calados, na escuridão da noite que começava.

Entramos na madrugada assim, mudos. O frio agora penetrava a pele e arranhava como areia. De repente, Martin arqueou o corpo e se jogou de costas contra a lateral do bote.

– Eu sou diabético! – disse, e as lágrimas jorravam dos seus olhos.

Sara se aproximou dele e apanhou suas bochechas nas palmas das mãos, beijou sua testa suada. Em seguida, sussurrou alguma coisa. Marcel estava abraçado ao pescoço da mãe. Seus olhos se fixaram nos meus.

– Estou com fome – falou.

A partir do segundo dia de naufrágio, passei a ajudar Martin na pesca. Deitávamos nossas camisas na superfície da água como uma rede, colocando sobre ela restos do peixe que ele tinha pescado.

Foi incrível perceber como nos sentíamos atraídos por aquela carne crua que antes nos provocava repulsa. Retiradas as espinhas e as entranhas do bicho, que corriam verdes entre seus dedos e atraíam alguns peixes grandes até o bote, Natália dividia as carnes sujas de sangue para todos.

Nesse ritmo, se passaram três dias. Não tornamos a ouvir ruído de helicóptero ou a ver luzes de navio. A alimentação insuficiente, o frio, o calor, a sede, tudo contribuía para que definhássemos. Sentia dormência e ardor no corpo, sobretudo nas clavículas e na garganta.

Na manhã do quarto dia, acordei de um sono sem sonhos. Não sei dizer como ou quando adormeci. Mas aquilo era um fato inédito. Desde que caíra na água, ainda não pregara os olhos. Uma brisa batia em meu rosto. O céu permanecia nublado, como sempre, e eu dei graças a Deus por não termos enfrentado outra tempestade desde a que nos havia arrebatado dois homens.

Meus amigos tinham os olhos fechados. Marcel brincava sobre as pernas da mãe. O cabelo de Sara esvoaçava. Martin estava deitado. Olhando para as redondezas do bote, notei que grandes cardumes nos seguiam. Essa visão atiçou minha fome. Como os peixes se demorassem ao nosso lado, pensei que não poderíamos perder a oportunidade de nos abastecer de comida.

Levantei-me cuidadosamente, sentindo a cabeça rodar, e balancei o corpo de Martin. Precisava de sua ajuda. Balancei seu corpo uma, duas, três vezes.

– Martin – chamei.

Mas não obtive resposta. Martin estava morto.

21

Morte de um amigo

Estava tão ligado a Martin, que parecia ter perdido um familiar. Após muitos minutos de silêncio, Sara fez uma demorada prece. Ao final dela, arqueamos o corpo do morto e o fizemos escorregar por uma das bordas. Em segundos, nosso ex-companheiro de viagem desapareceu.

Naquele momento, voltei a pensar na Tétrada. Lembrei-me do suposto naufrágio de Fleummer. Segundo trechos de seu diário pessoal, quando tentou construir a Tétrada Diamantina, o nobre quis chamar a atenção para uma descoberta. Antes, contudo, precisava comprová-la. Foi o que o levou à Grécia, ao Cairo e ao Oriente Médio.

Alguns estudiosos, sobretudo americanos, alegam que a ideia de que teria tomado a peito uma "viagem filosófica" ao redor do mundo não passa de lenda. "O que Fleummer fez, na realidade, ao abandonar a Europa, foi gastar o dinheiro que conseguiu salvar da fúria da Igreja com amantes e joias", diz Emmanuel Bindings, conhecido catedrático de Yale.

Grande parte do diário de Fleummer foi incendiada (acredita-se que pelo cardeal Werther Solimnus). Restavam apenas fragmentos, o que complicava ainda mais o caso. Por outro lado, existem hoje dúvidas sobre as circunstâncias da morte de pelo menos quatro ex-viajantes do Caminho da Tétrada. O que se imagina é que a Ordem elimine os caminheiros que de uma forma ou de outra fazem publicidade de suas ações ou do conhecimento secreto revelado durante o percurso.

Há mais especulações do que fatos concretos. Porém, ao que tudo indica, Fleummer tencionava mesmo construir o objeto desejado por caçadores de tesouro de todo o mundo. Movidos pela esperança de que o tivesse feito, milhares de curiosos empreenderam o Caminho ao longo dos séculos. Levados por ela, eu e Sara nos encontrávamos à deriva no Mediterrâneo.

– Você tem saudades de casa? – perguntou Marcel, interrompendo meu raciocínio. – Vovó faz biscoitos de chocolate... Você gosta de biscoito?

– É melhor que peixe cru – sorri.

Naquela tarde, Sara me ajudou com os peixes. Enquanto lançávamos a rede de tecido, ela me disse estar preocupada.

– Natália anda muito sonolenta.

Olhei para trás e vi a mãe de Marcel deitada de barriga para cima. Desde então, nós nos revezamos na assistência a ela e ao menino, que também dava sinais crescentes de enfado. O problema é que eu começava a me entregar a delírios, provocados pela má alimentação. Num deles, Fleummer se sentou a meu lado no bote. Segurava um elmo debaixo do braço e tinha um sargaço grudado no cabelo. Sorrindo, ele me disse:

– Cuidado com ela.

Acreditei que se referisse à mulher parecida com a deusa Atena. Quis lhe perguntar quem era a moça e o que havia feito, mas não tive forças. Ele rapidamente desapareceu. Em seu lugar, vi Sara molhando o cabelo e a nuca de Marcel.

– Preciso fazer cocô – disse ele.

Natália o levou até a proa. Enquanto a criança se servia do banheiro improvisado, um ponto negro se aproximou de nós. Apertei os olhos para ver o que era. Sara exclamou:

– Tubarão!

Imediatamente, sentimos uma pancada no bote e ouvimos um grito:

– Socorro!

Quando nos viramos, vimos Natália tentando suspender Marcel, que havia caído na água. Corremos até onde estavam e puxamos o garoto. Marcel retornou ao bote.

A partir desse episódio, minhas lembranças são confusas. Recordo apenas que o torpor foi me tomando. A dor parecia viva. Uma chuva fina caiu, não sei a que horas. Seus pingos me feriram como ácido. De repente, a vontade de dormir e parar de pensar crescia. Despertei duas ou três vezes, exaltado. Numa delas, era noite. Na outra, tarde ou manhã. Ouvi as vozes de Sara, Marcel e Natália. Escutei alguém dizer:

– Não morra!

Vi que Sara passava um pano em meu pescoço. Ela sorriu e disse algo que não entendi. Levantei a cabeça. Continuávamos no mar.

Mais tarde essa cena se repetiu. Não sei se em sonho. Sei apenas que, na terceira vez, notei algo diferente. Estávamos parados, o som ambiente era estranho. Muito enjoado, eu me senti. Pressenti a aproximação de alguém. Era Sara, que dizia:

– Estamos em terra firme.

22

Terra firme

A praia tinha uma estreita faixa de terra, que logo dava lugar a pedregulhos, arbustos e árvores.

– Onde estamos? – perguntei.

– Veja se consegue ficar de pé – disse Sara.

Levantei-me com sacrifício. Sentia o corpo arder. Tinha bastante sede.

Ajude aqui com eles – falou a indiana, referindo-se a Marcel e Natália, que dormiam abraçados no interior do bote.

Trouxemos os dois até a sombra de algumas palmeiras. Notei que estava diante de uma baía de águas muito verdes. De repente, tive vontade de rir e gargalhei, feliz por estar vivo.

Talvez por ter me ouvido, Natália despertou, de olhos muito esbugalhados. Mas, antes que pudesse dizer qualquer coisa, fomos cercados por uma dezena de árabes, saídos não se sabe de onde. Vestiam túnicas e lenços e nos fizeram várias perguntas, deixando a lâmina de suas espadas à mostra. Sara lhes respondia em dialeto árabe.

Depois de confabularem entre si por alguns minutos, dois dos homens se destacaram do grupo e desapareceram. Voltaram dali a pouco, trazendo camelos. Fomos postos sobre os animais e cobertos com mantos de lã.

Levaram-nos por uma picada que dava voltas e mais voltas, tangenciando despenhadeiros. À medida que subíamos, eu sentia o corpo gelar e agradecia a Deus por nos terem dado cobertas. Vez por outra, notava uma pedra se desprender sob as patas da montaria e rolar pela encosta até se perder de vista.

Ao fim de meia hora, após atravessarmos um pequeno túnel, chegamos a uma área aberta, uma espécie de pátio interno, perto do topo da montanha. Muitas pessoas nos esperavam ali. Passamos por um poço, cortamos por entre elas. Então, enxerguei uma série de casas escavadas na rocha.

A partir daquele instante, um senhor magro e barbudo passou a dar instruções. Fomos colocados em macas improvisadas. Eles nos levaram para dentro de uma das residências e nos puseram sobre esteiras, num quarto iluminado por lâmpadas de barro. Mulheres atenciosas nos atendiam, lavando nossos corpos com água morna e nos dando chá de colherzinha.

– Sara, estou morrendo de sede! Por favor, peça para elas trazerem água! Muita!

Sara riu, como se eu fosse um louco:

– Não pode. A gente não pode beber muita água. A alimentação deve ser mínima até o organismo se readaptar à comida.

– Mas, Sara...

Não completei o raciocínio. Logo dormi, acompanhando os feixes de luz que atravessavam uma entrada oval na parede e clareavam o chão negro aos meus pés. Acordei na manhã do dia seguinte, sentindo-me trinta anos mais velho. Levantei-me a custo, tateando os corredores escuros do lugar, uma complicada rede de túneis e câmaras. Natália e Marcel dormiam sobre esteiras.

À saída da residência, topei com Sara. Ela estava sentada sobre um tronco de árvore e vestia roupas locais. Falava para uma roda de pessoas.

– Bom dia! – disse, ao me ver. E completou, sorrindo: – O que é que você está fazendo aqui? Trate de ir se deitar!

Sentei a seu lado, sem dizer uma palavra. Estava exausto, mas não suportaria nem mais um segundo deitado. Olhei ao redor, contemplando a paisagem. Havia montanhas por todos os lados. Sara se dirigiu aos moradores, pousando uma das mãos em meu ombro. Os olhos fascinados do povo me buscaram.

– Estou contando a eles o que aconteceu com a gente – falou.

Até a hora do almoço, a indiana narrou nossa aventura no Mediterrâneo àqueles homens e mulheres simples, que riam ou se espantavam muito a cada frase. Pareciam estar assistindo a um filme. Vez por outra, ela me consultava sobre algum pormenor. Entendia muito do que falava por meio de seus gestos.

Quando acabou e nos levantamos, lembrei-me da pergunta que tanto havia me intrigado no dia anterior.

– Sara, afinal, onde é que estamos?

Ela me fitou e disse:

– Na Líbia. Não é incrível?

23

Na Líbia

Tailir era um pequeno povoado encravado nas montanhas do norte da Líbia. O lugarejo vivia da pesca e servia de entreposto comercial para as caravanas que cruzavam o deserto. Lá, os viajantes descansavam, se abasteciam de água e enchiam as bolsas de peixe salgado e pão antes de retomarem o caminho das dunas.

Quando os forasteiros chegavam em seus camelos cobertos de panos coloridos, era uma festa. Mulheres dançavam em círculo, ao som de pandeiros, iluminadas por fogueiras e pela Lua. Eram noites prazerosas.

De dia, muitas vezes, descia até a praia e acompanhava o trabalho dos pescadores. Ou então me sentava no topo de um rochedo e observava o mar. Quando o tempo estava chuvoso, eu gastava horas passeando no interior das imensas cavernas que serviam de domicílio para aquela gente.

Sara logo se tornou uma espécie de guru local. Passava horas conversando com os nativos que a cercavam. Em alguns momentos, ela se retirava do meio do povo e se refugiava em local isolado. Ou ia cuidar de Marcel.

O estado de saúde do menino nos preocupava. A febre não o largava e o vômito era frequente. Sara perdia boa parte do dia preparando e administrando ervas e raízes, ajudada por uma velha cozinheira e por Natália.

As coisas estavam nesse pé, ao fim de nosso décimo quarto dia no lugarejo. A tarde se extinguia no céu alaranjado. A indiana estava dentro das cavernas com Natália e o filho. Os homens se reuniam em pequenos grupos, no pátio, diante das casas. Crianças corriam de um lado a outro. Alguns animais andavam dispersos entre elas.

Eu estava sentado ao ar livre, analisando uma Bíblia em tradução francesa que a cozinheira havia acabado de me dar. Talvez fosse presente de algum forasteiro. Por algum motivo, achou que fosse me interessar por ele.

As primeiras palavras que li me fizeram recordar a Tétrada: "Por isso, não fiquem preocupados com o dia de amanhã, pois o dia de amanhã trará as suas próprias preocupações. Para cada dia, bastam as suas próprias dificuldades". A mesma passagem de Mateus que vi anotada nas margens do diário de Fleummer. Pensei no sueco, na holandesa, em Higgs e Peeter. Teriam sobrevivido ao naufrágio? E o inglês, o eslavo louco e a senhora de cabelo *punk*, que partiram antes de nós? Haviam permanecido em Creta ou estariam em outra parte do percurso?

Quanto a mim e Sara, nós estávamos perdendo tempo. Após ingressar no Caminho, a Ordem dava apenas quatro meses para o candidato percorrê-lo. Depois desse período, não abria mais as portas de suas sedes. Já havia gastado cerca de dois meses, desde o Recife. E, até então, só tinha alcançado a sede ateniense da Ordem.

Suspirei, pensando em Marcel. Poderíamos já ter partido, nos juntado a uma caravana que saísse na direção de Alexandria, no Egito. De lá, pegaríamos uma embarcação até Creta. Mas nem eu, nem Sara estávamos dispostos a abandonar a criança e sua mãe.

A noite caiu, rapidamente. Homens e mulheres se cobriram com seus mantos. Também me agasalhei. Àquela altura, percebi uma movimentação anormal entre os homens. Pareciam conspirar, muito próximos e irrequietos. Levantei-me para tentar saber o que se passava, mas, saindo pela boca de uma das casas, Sara interrompeu meus passos.

– O que está havendo? – perguntei.

– Guerra. Clãs entraram em guerra e há receio de que grupos inimigos tentem invadir o lugarejo.

A indiana me tomou pelo braço sem outra explicação e me arrastou até um grupo de homens de fisionomia abatida, onde estava o chefe local, que a acolheu, trocando impressões com ela.

Tive vontade de chacoalhar Sara e perguntar o que deveria fazer com aquela informação inútil, já que estávamos prestes a ter as gargantas cortadas. Mas, antes que a conversa pudesse ir adiante, ouvimos um tropel de cavalos. Logo depois, cavaleiros armados de espadas invadiam o lugarejo, aos berros.

– Para dentro! – disse Sara, apontando na direção das casas.

A população corria, desencontrada. Crianças eram levantadas de qualquer maneira. Mulheres deixavam cair suas bilhas de água. Uma coluna, que parecia infinita, de homens vestindo túnicas e botas brancas continuava a subir o desfiladeiro.

24

Cercados

Chegando até onde eu estava, um cavaleiro encostou a ponta da sua espada na minha garganta, apeou do cavalo e me perguntou algo. Gesticulei para dar a entender que não dominava seu idioma. Sara interveio. Depois de uma breve conversa entre eles, fomos todos empurrados para o interior da montanha.

Houve, então, um desentendimento sobre onde deveríamos ser alojados. Após alguma discussão, fomos jogados numa câmara profunda. A nós, se juntavam os demais moradores da aldeia, que ali eram atirados aos bolos. Com estes, chegaram também Natália e Marcel.

Quando não havia a quem mais prender, a câmara foi selada.

– O que está acontecendo? – perguntou Natália, com Marcel nos braços.

Com o decorrer das horas, o mormaço cresceu no ambiente lotado. Nem uma nesga de luz varava as grossas paredes de pedra. Ainda assim, tarde da noite, esgotados e tensos, conseguimos dormir.

Cedo, pela manhã, a entrada da sala foi descerrada. Um homem avançou com passos firmes, carregando um candeeiro, e gritou algumas palavras. Aproveitei o clarão para olhar bem o rosto pálido de Marcel. O menino estava muito magro.

O homem tornou a gritar. O chefe do lugarejo, também trancado conosco, se levantou. Imediatamente, dois dos de manto branco entraram na câmara e o arrastaram pelos braços. Ao saírem, a porta foi mais uma vez cerrada e a escuridão nos cobriu.

– O que querem com ele? – perguntei a Sara, que balançou a cabeça.

Pouco depois, ouvimos estalidos de chicote. Aquilo durou cerca de uma hora. Assim que cessaram as chicotadas, ouvimos novos passos nos corredores. Mais uma vez, a entrada foi descoberta. O homem do candeeiro entrou, gritou, alguém se levantou e foi levado às chibatadas, ritual que se repetiu inúmeras vezes ao longo do dia e da noite. E, na manhã seguinte, foi retomado.

No terceiro dia de cativeiro, pela tarde, quando se reiniciaram as flagelações, a primeira pessoa a ser vitimada foi a cozinheira que tinha me dado a Bíblia. Seis homens foram empregados na tarefa de arrancá-la da câmara, porque ela se deitou no solo e se recusou a se levantar até o último momento. Depois disso, o homem do candeeiro entrou na sala de novo e chamou outra vítima. Para minha surpresa, Sara se levantou.

– Aonde é que você está indo? – perguntei, segurando as coxas dela.

O sujeito não gostou de minha atitude. Veio em minha direção e chutou meu braço. A indiana foi empurrada para fora da câmara. Eu me abracei a Natália e ao menino, tremendo de ódio.

À noite, ouvimos os invasores em cânticos alegres e sentimos forte odor de comida. Gargalhadas encheram os corredores. Música de tambores era acompanhada pelo bater de espadas. De nosso lado, tosses, roncos e ar abafado.

– Onde é que nós estamos, mamãe?

Com essa frase, Marcel me acordou na manhã seguinte. Estava de pé e sorria. Natália dobrou o corpo sobre o pequeno e lhe deu um abraço apertado.

– Como você está se sentindo?

– Bem.

Naquele instante, o chicoteador interrompeu o diálogo para recolher vítimas em sua primeira incursão da manhã. Ao lado dele, entraram outros, trazendo potes de água e restos de comida. Enquanto os potes eram amontoados num canto, o homem do candeeiro gritava para dentro da cela. Ninguém se levantou. Ele continuou gritando. Até que, irritado, avançou em nossa direção e puxou Natália, Marcel e eu. Fomos conduzidos pelos corredores. Passamos por homens de branco entregues às mais diversas atividades. Por fim, alcançamos a saída da montanha.

Não conseguia abrir os olhos, encandeado pela luz do sol. Sentia apenas que continuávamos sendo empurrados ao longo do pátio.

Socorro! pedia Natália, inutilmente, levando pancadas para que se calasse.

De repente, entramos num ambiente escuro. Sem aviso, eles nos largaram ali. Entreabri os olhos. Nossos condutores se afastavam, dirigindo-se de volta ao interior da montanha.

Estávamos na passagem coberta, na saída de Tailir. Não entendemos nada. Então vimos Sara, encostada numa parede.

– Olá – disse a indiana.

Guiados por ela, descemos a montanha. Estávamos livres.

25

Livres

Andamos cerca de quinze quilômetros pela orla da praia. Nos trechos em que o litoral se fechava em intransponíveis morros de pedra, pegávamos o caminho das florestas secas. Evitávamos ao máximo a exposição, mas procurávamos alguém que nos pudesse ajudar.

Enfim, no meio de um terreno arborizado, encontramos uma pequena residência em que nos acolheram. A dona da casa vestia um manto amarelo sobre um grosso tecido rosa. Muito pintada, usava joias e trazia a cabeça coberta por panos. Sem nos fazer pergunta, ela nos acomodou em almofadas e sumiu pela porta dos fundos. Voltou em seguida com bandejas de porcelana atulhadas de passas, pêssegos, ameixas, azeitonas, pão e um cântaro de vinho.

– Sintam-se à vontade – disse ela, sentando-se de pernas cruzadas. – A água está esquentando no fogo. Quando quiserem, podem se banhar.

– Quem colocou esse anjo em nosso caminho? – perguntou Natália. – Por favor, Sara, diga a ela que nós agradecemos muito.

A indiana ouviu, compenetrada, o que a mãe de Marcel dizia. Nos segundos em que meditou, antes de traduzir as palavras de Natália, observei que, apesar da convivência, seu olhar ainda me assustava. Notei também que ela não se sentia confortável naquele ambiente.

– Chama-se Inga e mora sozinha com o marido. São recém-casados. Há dias ele teve de fazer uma viagem a uma cidadezinha próxima para vender um animal. Acha muito bom ter companhia.

Sara nos explicava o que a mulher ia contando, enquanto comíamos.

– Por causa da guerra, muitos refugiados das aldeias vizinhas têm passado por sua casa. Ela tem tentado auxiliá-los da melhor maneira possível. Gostaria de receber alguma notícia, saber se está tudo bem com o marido.

Após o almoço, nós nos dirigimos ao quintal da casa para tomar banho. Primeiro, as mulheres e a criança. Em seguida, eu. Inga nos deu toalhas e roupas. Ao me ver de banho tomado, a dona da casa sorriu e alisou meu cabelo. Quando foi dormir e ficamos apenas nós dois na cozinha, Sara falou pela primeira vez da necessidade de nos apressarmos.

– Disse a ela que ficaríamos aqui até amanhã – informou, referindo-se à árabe. – Ela falou que podemos seguir até uma cidade próxima, onde as caravanas passam para compra e venda de camelos e artigos de couro. Algumas seguem até Alexandria. A viagem é longa, mas é o único jeito que temos para sair daqui agora.

Ela evitava me olhar dentro dos meus olhos, o que não era comum.

– O que você faria se encontrasse a Tétrada, Sara? Acho que ela não teria muita utilidade para você.

– Não teria utilidade?

– Sei lá. Você não parece ser do tipo que arriscaria a vida por dinheiro.

Ela gargalhou. E disse, encerrando o assunto:

– Talvez não seja mesmo.

Então, eu me lembrei de perguntar sobre nossa fuga de Tailir. Como conseguiu escapar? Por que nos haviam libertado?

– O chefe... aquele que assim que chegou ameaçou você com a espada... ele estava ferido na perna. O corte infeccionou e ele caiu de febre. Tinha dores insuportáveis. Precisavam de uma curandeira. Os nativos me indicaram. Consegui fazer a ferida sarar. Em troca, eles nos libertaram – explicou. E disse, se levantando: – Bem. Boa noite. Precisamos dormir.

– Sara – chamei.

No limiar da porta, ela se virou. Seus olhos brilhavam, inquietos.

– Nada, não... – completei, depois de um minuto, sem jeito.

Ela sorriu, antes de desaparecer pelo corredor. Permaneci ainda algum tempo sentado no banco de madeira.

Pela manhã, nós partimos. Inga nos deu dinheiro suficiente para a travessia, além de roupas e alimentos, e nos indicou o caminho que deveríamos pegar até Qadar, pequena cidade de mercadores onde, afirmou, nos juntaríamos facilmente a uma caravana.

– Jamais poderemos pagar o que nos fez – falou Sara, ao nos despedirmos.

– Que Alá os proteja! – disse ela.

Ao fim da tarde, alcançamos Qadar. Num descampado apartado, localizamos dezenas de tendas, onde estavam os caravaneiros. Sara acertou os detalhes de nossa adesão ao grupo com um homem gorducho, de barba grisalha.

– Sairão amanhã mesmo. Ele ofereceu sua tenda para passarmos a noite. Aceitei. Afinal, levou quase todo nosso dinheiro.

– E os camelos?

– Vai nos fornecer.

A noite não foi fácil. A barraca era quente e apertada. Porém, esses desconfortos não foram nada diante do que nos aguardava. Com exceção de Marcel, que achava tudo magnífico, sofremos horrivelmente durante a longa viagem. A dureza do lombo dos camelos, as dormidas sobre o solo arenoso, as violentas tempestades de areia, a comida repetitiva e a monotonia das horas iguais.

Meus dias no deserto foram de profundo silêncio. Em progresso, escutava unicamente o vento, que não parava de soprar. Com o tempo, imagem, som e pensamento se fundiam. Já não conseguia distinguir se estava de olhos abertos ou fechados.

A maior parte do tempo, eu pensava em Almey Fleummer. "O que haverá para mim no Egito?", perguntava ele, antes de sua ida ao Cairo. Não me decidia sobre o significado dessas e de outras palavras do nobre.

No último dia de nossa travessia, enrolado em duas túnicas, sentia o calor percorrer meus membros como uma corrente elétrica. Não sei se dormi sentado. Quando voltei à realidade, o céu estava escuro. Na garupa do camelo de Natália, Marcel apontava para a frente:

– Olha!

Lancei a vista no sentido de sua mão e divisei uma fileira de casas e pontos de luz.

26

Alexandria

Deixamos a montaria num acampamento, do lado de fora da cidade, e seguimos o restante do caminho a pé. Uma vez dentro de Alexandria, cortamos por entre bairros pobres, até chegarmos a um prédio destruído de subúrbio. O edifício parecia um velho hotel desativado. Estava apinhado de mercadores. Os homens se acomodavam, ombro a ombro, pelas paredes, sentados, fumando narguilé.

– Vocês podem ficar aqui – disse o gorducho de barba grisalha. – A diária é barata e o lugar é seguro.

Passeamos os olhos pelos corredores sujos, a alcatifa poeirenta. Pessoas esperavam em fila para tomar banho num cubículo escuro. Sentíamos cheiro de urina.

– Antes de qualquer coisa, quero ir à embaixada – disse Natália, apreensiva.

– Daremos uma volta pela cidade. Depois voltamos – explicou Sara ao barbudo.

No caminho para a embaixada grega, usamos telefones públicos.

– Mãe? Sou eu! Vivo!

– Me... meu filho?

Contei-lhe onde estava, sem entrar em detalhes. Ela me interrompia apenas para dizer:

– Meu filho!

Em seguida, compramos frutas de um vendedor ambulante (não que nossa fome fosse pequena, o dinheiro é que era curto) e nos sentamos na rua para comer.

Eu estava tranquilo porque, antes da viagem, tinha transferido todo o meu dinheiro, herança do meu pai, para um banco de Atenas. Como a soma era grande, imaginei que não teria problemas para fazer com que o dinheiro chegasse ao Egito. Estava com o passaporte e a carteira internacional de motorista dentro de uma pochete, sob a roupa. Havia feito isso para me livrar de assaltantes, antes de chegar à Grécia. No fim, protegi os documentos do naufrágio. Apesar de borrados, ainda podiam ser lidos.

Após ligar para minha mãe, contatei um funcionário do banco ateniense. Ele me atendeu de maneira gentil e disse que se inteiraria da situação. Deixei meus dados e fiquei de tornar a ligar mais tarde. Tudo parecia dentro dos conformes. Estava feliz por ter voltado a território urbano.

Também estava contente por ver Marcel e a mãe salvos. Havia me apegado ao menino. Por isso, diante do portão da embaixada grega, quando me abaixei para me despedir dele, fiquei emocionado.

– Vocês vão visitar a gente na Grécia, não vão? – perguntou o garoto, coçando os olhos.

– Sim, Marcel, nós vamos – disse a indiana, dando-lhe beijos.

– Têm certeza de que não precisam de nada? Não querem ajuda? – perguntou Natália, anotando e passando seu endereço e seu telefone em Atenas.

– Vão em paz! – respondeu a indiana.

Os dois entraram na casa, acompanhados por dois seguranças. E nós os vimos sumir, através de uma fresta do portão eletrônico.

27

Depois das despedidas

-O que faremos agora? – perguntei a Sara, quando o portão se fechou. – Ainda tenho algumas horas até que resolvam minha situação no banco.

Ela sorriu e disse:

– Bem, eu preciso vender isso aqui.

Sobre a palma de sua mão, refulgia um diamante.

– O que é isso? – perguntei.

– Presente – disse ela. – Lembra de Tailir?

O líder que Sara livrou da morte a tinha presenteado com um belo diamante. Só agora ela revelava.

– Quanto será que vale isso? – perguntei, abobalhado.

– Precisamos descobrir.

Compramos um mapa da cidade e seguimos pelas ruas malcuidadas do porto. Andamos do Bairro de Gumrok, na zona alfandegária – perto de onde se localizava o antigo Farol de Alexandria, uma das sete maravilhas do mundo antigo –, até a estação de trem, no lado oposto do chamado Porto Oriental. Passávamos por sítios históricos em meio a prédios simples. Algumas pessoas conversavam nas esquinas, outras, à frente das barracas de quitutes. Umas gritavam pregões. A maioria estava apressada.

Sara entrava em estabelecimentos acanhados, onde invariavelmente um homem a atendia atrás de uma escrivaninha velha, analisava a pedra que ela lhe mostrava, resmungava e dava um preço. Então, a indiana guardava a joia e deixava a loja, prometendo voltar.

Às 15 horas (meu relógio continuava inteiro!), subimos as escadas de pedra de um restaurante. Instalados no terraço, gastamos as últimas notas dadas por Inga em um prato de arroz e verduras. A indiana ainda não havia realizado negócio com o diamante, o que me deixava irritado.

– Sara... – disse, ao fim da refeição – Que é que você está esperando? Por que não vendeu ainda essa pedra?

Além de nós dois, havia ali um homem de óculos escuros e roupas ocidentais, fumando um cigarro, aparentemente distraído.

– Estou esperando a melhor oferta.

– Nós vamos acabar sendo roubados!

Ela achou uma graça enorme no que falei.

– Qual foi a maior oferta até agora?

– Cinco mil.

– Cinco mil dólares? Meu Deus, venda logo isso! E eu que pensava que você não tinha jeito com dinheiro...

De repente, seu rosto se fechou.

– Não. É que muita coisa depende disso.

O homem de óculos antiquados apagou o cigarro. Na mesma posição em que estava, disse, usando um sotaque irreconhecível:

– Dou seis mil na pedra... Aceitam? Posso pagar agora, em espécie.

Sara olhou para ele.

– Aceito – disse a indiana.

O estrangeiro se levantou, apoiado numa bengala e, coxeando, veio até nossa mesa. Em pé, tirou bolos de cédulas de dólar do bolso, pôs seis deles sobre o tampo de metal e tornou a guardar os restantes. Sara lhe entregou o diamante. Sem ao menos olhar para a pedra, o homem a guardou no bolso do paletó.

– Foi um prazer fazer negócios com a senhora – falou, e desceu as escadas do restaurante.

Sara abriu a bolsa que trazia oculta sob a roupa. Jogou os dólares dentro dela. Escondeu a bolsa novamente e sorriu.

– Bom, eis aí o que você tanto queria. Vamos.

Assim que deixamos o restaurante, eu liguei para o banco. Quando me identifiquei, o funcionário com quem tinha falado pouco antes, constrangido, informou:

– Senhor... Sinto muito. Sua conta está encerrada.

Acabava de saber que tinha sido roubado.

28

Sem dinheiro

O trem partiu atrasado. Devíamos ter saído pela tarde, mas algum problema – não conseguimos saber ao certo qual – alterou os horários. Assim, ao encontrarmos nossa cabine, já era de noite. E, quando a máquina deu partida, fomos até o vagão-restaurante. Ainda não havíamos jantado.

Sara tomou sopa com torradas e chá. Eu engoli um sanduíche de frango com refrigerante.

Na véspera, quando perdi qualquer perspectiva de sobreviver em Alexandria, Sara pôs seu dinheiro inteiramente a minha disposição. Insistiu para que nos hospedássemos num hotel por sua conta e me comprou roupas. À noite, depois de um banho, voltamos ao porto. Queríamos comprar tíquetes para Creta. Porém, lá soubemos que as partidas para a ilha tinham sido interrompidas.

– Morreram centenas de pessoas num desastre de *ferry-boat* – disse a funcionária do guichê.

Voltamos ao hotel e jantamos.

– E se fôssemos direto pro Cairo? – perguntou a indiana.

– Antes de irmos a Creta?

– Há outra opção?

– Eu não tenho dinheiro.

– Dinheiro não é problema.

Disse isso e se levantou, pedindo desculpas:

– Estou com sono.

Fiquei sozinho no salão, pensando no dinheiro que havia sumido como por mágica de minha conta bancária. Lembrei-me, então, do papel que tinha assinado sem ler na sede da Ordem em Atenas. Dei um soco na mesa.

No dia seguinte, à mesa do café da manhã, ela me mostrou um jornal que estampava na capa uma foto de Natália e Marcel:

– Partem para a Grécia hoje. Não fomos os únicos sobreviventes. Alguns botes chegaram ao Egito.

Após beber uma xícara de café quente, falei:

– Concordo.

– Com o quê?

– Com a ida ao Cairo.

Ela tirou dois papelotes marrons de dentro da bolsa:

– Aqui estão as passagens.

Agora, enquanto acompanhava a paisagem pela janela do vagão-restaurante, eu recordava suas palavras. Ela saboreava seu chá.

– Quer mais alguma coisa? – perguntou, vendo que tinha acabado o sanduíche.

– Quero meu dinheiro de volta. Quero voltar para casa – respondi.

Do lado de fora, as últimas luzes da cidade fundada por Alexandre, o Grande, desapareciam. Um halo azul envolvia a

Lua. Senti algo tocar minhas mãos. Vi os dedos de Sara entre os meus. Durante minutos, ficamos calados, de mãos dadas. Quando ela tirou as mãos das minhas, eu segurava um maço de cédulas. Eram três mil dólares.

– São seus.

Não pude aceitar a oferta.

Perto de meia-noite, saltamos no Cairo. A cidade estava em silêncio. Da estação, pegamos um táxi até a sede da Ordem, que ficava no Bairro Islâmico. O motorista nos levou até onde o carro podia ir e nos aconselhou a termos cuidado. Fizemos o restante do trajeto a pé.

A casa ficava na Cidade dos Mortos, um cemitério onde os vivos também moravam em meio às tumbas. Uma placa em caracteres arábicos e em inglês indicava que havíamos chegado ao local certo: "Ordem Fleummeriana", dizia, coberta de pó e iluminada por uma pequena lâmpada acesa no primeiro andar.

A ausência de portas, móveis e pessoas no pavimento térreo me fez pensar se a casa pertencia a vivo ou a morto. Subimos as escadas de mármore que levavam ao primeiro andar. Ali, havia apenas um espaço coberto por cerâmicas. No centro, vimos um grande desenho da Tétrada. Avançamos até o terraço, de onde descortinamos um mundo de telhados, muros de casas e túmulos sob nuvens cinzentas.

– E então? – quis saber Sara.

– Vamos voltar – sugeri.

Ganhamos a rua. Decidimos retornar no dia seguinte. Isso, se conseguíssemos sair dali. Estávamos perdidos. Então, vimos uma mulher caminhando pela orla da rua. Vestia uma simples túnica preta.

– A senhor poderia nos ajudar? – perguntou Sara.

A mulher se virou e, então, a reconheci. Era Hena.

29

Hena

Passados os primeiros segundos de espanto, Hena deixou cair alguma coisa das mãos e disparou. Corri atrás dela, sem dar ouvidos a Sara, que gritava:

– Não!

Persegui a grega, cortando pela Cidade dos Mortos. A certa altura, fiquei a apenas dois passos dela. Ela entrou num edifício escuro, passando por algumas pessoas que estavam sentadas em bancos de madeira. Tentei fazer o mesmo, mas tropecei e caí.

Hena sumiu. Esparramado no chão de barro, observei que as figuras dos bancos se levantavam e vinham até mim. Eles provavelmente achavam que eu, um ocidental, estava àquela hora perseguindo uma inocente seguidora do Islã. Um deles, grandalhão, tinha posto o pé para que tropeçasse. Agora se aproximava com uma faca na mão.

Levantei-me e tentei correr. Mas não me distanciei muito, pois fui logo agarrado pela camisa e imobilizado. Os homens me puxaram pelo cabelo e me obrigaram a sentar no chão, de frente para o maior deles. Este me mostrou os dentes amarelados e se acomodou de novo no banco de madeira. Ao fim de alguns minutos, tornou a sacar a faca. Brincou com ela, apontou para um de seus camaradas, rosnou algo. O interpelado respondeu e houve uma gargalhada. Em seguida, passou a palavra a outro e a cena se repetiu.

Quando as últimas risadas se extinguiram, o grandalhão discursou demoradamente. A chuva começava a cair, mas eles não pareciam querer terminar a conversa. Afinal, o chefe se levantou e soltou uma exclamação. Foi o bastante para que os homens, imediatamente, me levantassem pelos braços, me pusessem sobre as cabeças, urrando, eufóricos, e me carregassem até os limites de uma ribanceira. Ali, fizeram alto. Enunciaram algo em coro. E me lançaram.

Rolei pela encosta. Parecia deslizar sobre uma superfície de papel. Um terrível cheiro de carniça me acompanhava. Finalmente, parei sob um monte de panos. Estava num plano irregular, distante das luzes da cidade. A escuridão era total. Havia sido jogado dentro de um depósito de lixo.

Depois de muito andar, acabei encontrando uma árvore, numa pequena clareira, em meio à imundície. Ali me sentei, encolhido, e fiquei até o nascer do dia. Pela manhã, dois policiais me acordaram, cutucando meu ombro. Abri os olhos e vi que vestiam roupas pardas. Um deles bateu o cassetete em minha cabeça, numa leve advertência.

– Quem são vocês? – perguntei, levantando-me.

Os dois se entreolharam e em seguida me perguntaram algo.

– Não compreendo.

Então me agarraram pelo pescoço e pelos braços, me algemaram e levaram à delegacia. Depois de andarmos muito, entramos no subsolo de uma construção antiga, pessimamente conservada. A cela ficava ao lado de um corredor escuro. Era imunda e o aspecto dos detentos não era dos melhores.

Pela tarde do dia seguinte, consegui falar ao delegado em inglês. Inventei a história de que era turista e tinha sofrido uma tentativa de assalto. O homem me olhou com desprezo e se retirou, mudo.

Voltei a me aconchegar no local que havia demarcado para mim dentro do minúsculo cárcere, onde permaneci durante três dias. No terceiro, à tarde, o carcereiro parou a minha frente e anunciou:

– Visita para você.

Levantei-me de um pulo e me agarrei às barras de ferro. Finalmente, Sara tinha me localizado.

No entanto, em vez da indiana, quem entrou pelo corredor, de cabelos molhados, sob um véu transparente e óculos escuros, foi Hena.

30

Hena, mais uma vez

Ela se aproximou da porta da cela, observando a saída do carcereiro. Quando este desapareceu, disse, sem tirar os óculos:

– Se você prometer me acompanhar calado, posso tirá-lo daqui.

Fiz menção de falar algo. Ela me interrompeu:

– Não diga nada. Posso tirá-lo daqui. Mas se você, por acaso, pronunciar uma única sílaba na rua, eles o trarão novamente para cá. Entende?

Balancei a cabeça afirmativamente.

– Preste atenção – continuou Hena. – Não tente fugir. Nem ao menos se afaste de mim. Não será difícil localizá-lo em qualquer lugar da cidade. Quero apenas que me siga. Depois, ficará livre. Está, realmente, entendendo?

Confirmei com a cabeça.

– Pois muito bem...

Hena gritou algo ao carcereiro, que se precipitou no corredor, com um molho de chaves na mão. Apressadamente, fez uma delas girar na fechadura da cela.

– Siga-me – disse a grega, quando a grade se abriu. Ela própria devolveu meus documentos.

Seguir a grega não foi tarefa fácil. O sol me cegava e a multidão de transeuntes me confundia. Também não estava acostumado à zoada daquelas ruas. Sem banho, meu aspecto chamava a atenção dos passantes.

À medida que minha visão voltava ao normal, descobria que estávamos nos movimentando pelo Bairro do Cairo Antigo. Ali, estão as igrejas coptas fundadas pelos primeiros seguidores de Jesus Cristo. Aquela região serviu de refúgio aos cristãos de Alexandria, quando fugiram da cidade por conta das perseguições a sua crença, nos séculos 3º e 4º.

Segundo a tradição, foi São Marcos quem levou o cristianismo ao Egito, em 43 d.C. A pequena comunidade se desenvolveu a partir do século 1º e cresceu muito no segundo século de nossa era. Os coptas sofreram terríveis perseguições até romperem com os outros cristãos, no Concílio de Calcedônia, em 451 d.C.

Aquele pedaço da cidade guarda memórias mais remotas. Dos persas, por exemplo, que construíram o chamado Forte de Babilônia, em 600 a.C. Nós passamos por essa antiga estrutura e também pelos muros romanos. Ao atingirmos a Igreja de São Jorge, eu me lembrei de Fleummer mais uma vez. Aquele havia sido seu santo de devoção.

Minutos depois, descendo uma escada atapetada, entramos numa passagem que parecia uma mistura de cortiço e mosteiro. Dali, pegamos um beco e atravessamos um jardim oval. Saímos num mercado, subimos as escadas espiraladas de uma torre e, empurrando uma porta pesada que nos levaria a um terraço, avançamos por uma série de ruas inclinadas. Seguindo uma delas, encontramos um muro imenso, repleto de seteiras. A seu pé, vi uma série de portões. Hena abriu um deles.

Entramos pelos fundos de uma igreja muito branca. Subimos uma escadaria que ladeava o pátio interno e avançamos por um corredor, no segundo andar. Seguimos para o interior do prédio. Paramos em frente a uma ampla porta de madeira.

Hena abriu a porta e nos vimos diante das prateleiras abarrotadas de livros de uma biblioteca. Ela afastou uma cortina que ocultava a única janela do ambiente e um feixe de luz inundou o recinto.

– Sente-se.

Acomodei-me numa das cadeiras de espaldar fino e assento baixo, diante de uma mesa longa, que ficava quase sumida, no centro da maravilhosa biblioteca. Hena se dirigiu a um dos lados das prateleiras, como se procurasse alguma obra. Enquanto passeava os dedos sobre os livros, percebi que havia um tapete com a imagem da Tétrada Diamantina e um pesado cofre na única parede livre.

– Tome – voltou a falar a grega, entregando-me um grande tomo sem título.

Olhei a mulher por alguns segundos. Uma gota de suor escorria de sua têmpora esquerda.

– Leia com cuidado – falou e, em seguida, se retirou, fazendo a porta bater com força.

31

O livro

Abri o volume, que continha uma série de anotações manuscritas em várias línguas, tintas e caligrafias. Havia borrões e rasgões em algumas folhas. O que mais me impressionava, contudo, era o fato de as páginas estarem datadas, em ordem crescente, começando pelo ano de 1412.

Uma das anotações tratava da fabricação de pão e estava escrita em dialeto do sul da Itália. Outra, um artigo renascentista, discutia a concepção oriental de Deus, defendendo o dogma da onipresença divina. E havia muitas outras, versando sobre os assuntos mais díspares.

A maioria estava compreendida entre os anos de 1630 e 1867. Havia assinaturas de monges, nobres, militares, políticos e filósofos famosos, como Isaac Newton e Voltaire. Alguns autores apenas deixavam grafadas suas iniciais ou o prenome. Grande parte deles colocava de próprio punho um desenho da Tétrada ao lado da identificação.

No ano de 1681, encontrei um pequeno artigo de Almey Fleummer, o qual mudaria radicalmente minhas concepções a seu respeito. Nele, Fleummer repetiria a indagação que eu tinha lido em um trecho de seu diário íntimo: "O que haverá para mim no Egito? Alcançarei Deus no politeísmo, nos rituais secretos?" Porém, acrescentada pela seguinte frase: "Ou descobrirei o que me falta para entender Jesus?"

As frases eram citadas ao fim do texto, que começava com uma enumeração de seus passos até o momento: a saída da Europa, sua passagem pela Grécia e a vinda ao Cairo. Curiosamente, não relatava a temporada em Creta. Tampouco falava do naufrágio que, supostamente, teria sofrido.

Após as perguntas, ele concluía: "Sim, compreendo que não procuro novos conhecimentos. Se não [*trecho ilegível*] o que parece razoável. Do Cairo, não quero tanto as pirâmides, quanto entrar na alma do cristianismo antigo. Entretanto, não sei o que isso significa, nem se é um movimento acertado".

A informação não poderia ter me causado maior impacto. Até então, eu vinha procurando as razões para as viagens de Fleummer na tentativa de fugir do ambiente católico de sua época. Segundo entendia, tinha se voltado para a Antiguidade numa tentativa de procurar novas crenças, tomando como base a filosofia pré-socrática e os sofistas.

A imagem da Tétrada sugeria esse caminho. Afinal, era um símbolo dos filósofos pitagóricos, pelo qual costumavam jurar. A "Tétrada Sagrada" deles desempenhava papel importante nos mistérios de suas escolas e certamente havia influenciado no nome da Tétrada Diamantina de Fleummer.

Parecia que o nobre procurava se harmonizar com ideias mais "naturais" e menos "morais", enveredando por um período histórico em que Sócrates ou Jesus Cristo ainda não haviam influenciado o pensamento ocidental.

Não era isso, porém, o que podia ser entendido a partir das folhas do livro que eu tinha em mãos. Nelas, Fleummer se mostrava disposto a mergulhar nos fundamentos do cristianismo. Sendo esse o caso, jamais teria ultrapassado os limites de sua antiga crença. A questão era saber como aliar isso a seu interesse evidente pela Grécia Antiga e pelo Egito.

A tarde caiu rapidamente e Hena não voltou. Já não era mais possível ler, quando deixei a biblioteca. No corredor, uma mulher baixa, gesticulando e falando alto, me estendeu um pedaço de papel. Reconheci a letra na folha amassada, a mesma do bilhete que Hena tinha me dado em Atenas:

"Encontre-nos ao pé da Ponte 6 de Outubro, amanhã à noite."

Ainda falando, a mulher me puxou pelo braço e me levou duas portas adiante, até a cozinha. Fez-me sentar numa mesa encostada à parede e me serviu comida.

Após comer, fui conduzido ao banheiro. A mesma mulher tagarela, sempre segurando meu braço, me deu uma roupa velha para vestir depois de limpo. Depois me entregou um saco de pão. E se despediu, fechando a porta em meu nariz.

Noite alta, sem ter para onde ir, eu me sentei à esquina de uma rua calma e ali dormi. Ao acordar, pela manhã, percebi que o saco de pão havia sumido. Reparei algumas moedas depositadas a meu lado. Tinham me tomado por um mendigo. Recolhi as moedas e me levantei, à procura da Ponte 6 de Outubro.

Não sei por quanto tempo andei, perdido. Quando encontrava turistas, pedia alguma orientação. Caminhei bastante até encontrar a Igreja de São Marcos, na parte moderna da cidade. Passei por restaurantes, hotéis e cinemas. Pedestres cruzavam as ruas e avenidas movimentadas, em meio a ônibus, carros e táxis. Perto de um grande viaduto, achei um vendedor poliglota de cachorro-quente que sabia onde ficava a ponte. Aproveitei para fazer um lanche.

A barriga cheia me deu sono. Como cheguei cedo à ponte, eu me acomodei sob a sombra de uma árvore afastada e cochilei. Não muito, pois o barulho da rua era enorme. Assim que escureceu, eu me dirigi ao lugar do encontro. Ali, algumas pessoas conversavam diante de uma faluca[1], ancorada às margens do Nilo. Falavam num tom baixo, de costas para mim.

Vacilante, fui a seu encontro. Meus passos fizeram que se virassem. Então, vi expressões confusas. E, após o impacto, distingui os rostos de Higgs, Peeter, do sueco, do eslavo e de Sara. Perto deles, estava o homem ocidental a quem a indiana tinha vendido o diamante em Alexandria.

---

1. Barco a vela.

32

Na Ponte
6 de Outubro

Assustado, recuei dois passos, tropecei e caí. Higgs e Peeter avançaram para me levantar.

– Como vai, meu amigo! – falou o alemão.

– Vo-vocês... – balbuciei.

– Vivinhos, vivinhos! – respondeu ele, ajudando-me a levantar.

– Por onde você andou?! – perguntou Sara.

– Eu... eu...

– Ora, ora, quando nós pensávamos que tínhamos nos livrado, definitivamente, de você! – brincou o eslavo.

– Prazer em revê-lo! – falou o homem ocidental e se apresentou, sem que ainda dessa vez conseguisse saber a origem de seu sotaque: – Meu nome é Leon.

– Leon é comerciante de pedras preciosas e também está fazendo o Caminho – explicou Sara.

Ninguém tinha notícias da holandesa.

– Oh, já soubemos de suas aventuras no Mediterrâneo. *Sarra* nos contou. Mas que tremendo contratempo! – afirmou Higgs.

– Tremendo... – repeti, ainda sob choque. Percebi que o eslavo tinha olheiras salientes e perguntei: – Mas... vocês... o que houve?

– Bem, eu, Marta e Sean chegamos a Creta, normalmente – disse, referindo-se à senhora de cabelo *punk* e ao inglês. – Eles desistiram da viagem ao Cairo e retornaram para casa. E aqui estou, sozinho.

O eslavo foi muito conciso. Afinal, o que havia em Creta? Tinham entrado ou não em contato com a Ordem? Ele não parecia disposto a responder a essas perguntas.

– Desistiram? – perguntei, intrigado.

No entanto, a voz de Higgs cobriu a frase:

– Um sortudo! Esse daí é um sortudo! *Orra*, eu, meu *emprregado* e meu *companheirro* sueco comemos o pão que o diabo amassou! Pois fique sabendo que nós, depois de três dias sem água ou comida, aportamos em El Hammam, no Egito. Desembarcamos com três pessoas que morreram em terra. Partimos para a cidade vizinha e tentamos nos esconder da imprensa. Os jornalistas ficaram sabendo onde estávamos e tivemos de fugir, novamente. Seguimos para leste, na direção do Nilo. Conseguimos carona num velho caminhão atulhado de gente e alcançamos a margem direita do rio, passando enormes dificuldades. Só aqui conseguimos *dinheirro* outra vez!

Quando o alemão terminou de falar, eu já não prestava atenção ao que dizia. No meio do seu discurso, ele balançou Leon pelo ombro e bateu levemente em suas costas. Ao que tudo indicava, tinha elegido um novo amigo.

– Tudo bem com você, Sara? – perguntei, aproximando-me da indiana.

– Preciso lhe mostrar algo – sussurrou, segurando minha mão, carinhosamente.

Nesse instante, vimos descerem em nossa direção dois homens e uma mulher, vestidos em *galabias*[2]. Usavam adereços e maquiagem de época. Eram, claramente, da Ordem.

– Venham – disseram em uníssono, ao passarem por nós, e saltaram para dentro da faluca.

Fizemos o que nos mandavam. Entrei no barco antes de Peeter, que, ao saltar, conseguiu chutar o flanco da embarcação e cair de nariz na proa.

– Você está bem? – perguntou Sara, acudindo-o.

– Grr... – respondeu ele.

Enquanto os dois homens se sentavam, um em cada extremidade do barco, e sacavam facas e machados, a mulher fazia preparativos, desamarrando cordas e abrindo a vela. Todos a postos, zarpamos sobre o rastro prateado que a Lua deixava nas águas do Nilo.

2. Saias com franjas.

33

No Nilo

O barco seguiu, empurrado pelo vento. De um lado e de outro, o que víamos eram prédios e casas, desfilando na penumbra.

"Passear no Nilo! Senti-lo sob o corpo, como se cavalgássemos uma serpente!" Em anos de estudo dos resíduos do diário íntimo de Fleummer, li pelo menos mil vezes esse comentário. E sempre tive enorme vontade de ver o rio de perto. Contudo, agora que navegávamos sobre suas águas tranquilas, tinha uma única vontade: agarrar os três participantes da Ordem pelo pescoço e fazê-los confessar onde estava meu dinheiro.

Aos poucos, nós nos distanciamos da concentração maior de edifícios e chegamos a uma das muitas casas flutuantes que ladeiam o Nilo. Num terraço ao redor da habitação, seis homens seguravam tochas. Tinham rostos inclinados para o céu, pernas apartadas e corpos rígidos. Atracamos à frente da escadinha de madeira que levava ao interior da residência.

– Subam, entrem e sejam rápidos – disse a mulher.

Primeiro o sueco, depois os restantes, todos subimos cautelosamente os degraus e entramos na casa. Sobre as paredes de madeira, várias gravuras de Fleummer se alinhavam, entremeadas por textos em cartolinas. Percebi que faltavam três cartolinas. Restavam trinta e sete.

– Esqueci meus óculos – comentou Higgs. A seu lado, Peeter ainda resmungava, massageando o nariz.

Aproximei-me das gravuras e dos textos. Os desenhos representavam uma sequência, o que só percebi ao chegar ao último deles. Mostravam o caminho do francês no Cairo, desde seu desembarque até a ida às pirâmides. O traço não pertencia a nenhum dos desenhistas clássicos de Fleummer nem tinha nada de especial.

Já os escritos eram um verdadeiro achado: páginas datadas de 9 de junho de 1683, quando o lorde ainda estava no Egito. Nelas, Fleummer analisava seus passos precedentes. Exaltava "o conhecimento científico grego" e, sobretudo, Pitágoras, "por ter provido Deus de números". Destacava a preponderância da "Razão sobre a Fé cega" e defendia o fim da "encenação do culto". No fim, dedicava o texto aos "gnósticos e a Platão". E o encerrava com uma frase: "Estou chegando".

A leitura me deixou confuso. Fleummer fazia novas concessões à filosofia pré-socrática e, ao mesmo tempo, ao platonismo, além de citar os gnósticos e Pitágoras. No meio do texto, dizia ainda que visitaria as pirâmides na tarde do dia seguinte, antes de partir para o Oriente Próximo. E a figura correspondente o mostrava ao pé daqueles monumentos.

– Puxa! – exclamou o eslavo, quando acabou de ler.

Eu fui o primeiro a fazê-lo e estava encostado a uma janela. Ele se colocou ao meu lado. Calado, cabisbaixo, não tinha a espontaneidade desajeitada de quando o conheci, nem mesmo a agitação. Havia mudado. Parecia deprimido.

Sara, Leon e o sueco demoravam. Após alguns minutos, Higgs se aproximou.

– E então? Que *focês* pensam disso? Esse Fleummer era um esperto, não?

O eslavo se retirou. Logo voltou com a informação:

– Estamos sozinhos. O barco e os homens se foram.

Saímos até o alpendre, rodeamos a casa e confirmamos o que dizia. As tochas estavam penduradas em suportes de ferro. A faluca havia desaparecido. Só poderíamos sair da casa a nado.

– Era só o que faltava! – disse Higgs, empurrando Peeter pelos ombros, como se a culpa por nosso isolamento fosse do pequeno.

"É inacreditável", pensei, abismado com a falta de criatividade da Ordem. E não me contive:

– Acho que a Ordem da Tétrada é presidida por um menino de oito anos!

Sara e Leon sorriram. O sueco não.

34

Resgate

Fomos resgatados, debaixo de chuva, pelos donos de um rico iate marroquino.

– Você vem comigo – disse Sara, conduzindo-me pela mão, ao alcançarmos terra firme.

Fomos até um hotel no Cairo Moderno. Após um acerto com o encarregado, ela levou seus pertences para um novo quarto, no sexto andar, onde nos acomodamos. Como em Alexandria, a indiana comprou roupas, que um camareiro trouxe até nosso aposento.

– Por favor, sinta-se à vontade – disse ela, mostrando o banheiro.

Entrando ali, eu me lavei e me troquei. Quando saí, ela bateu palmas. Depois de também tomar banho e colocar um risco vestido, me disse:

– Venha. Preciso lhe mostrar uma coisa.

Estava muito bonita. Fiquei meio hipnotizado pela beleza dela. Encantado, acompanhava seus movimentos, enquanto ela apanhava sacos plásticos do chão e os revistava.

– Aqui! – exclamou, quando encontrou o que queria. Eram papéis enrolados e seguros por ligas.

– Sara? – falei, sem dar importância ao que mostrava. – O que está acontecendo? Você disse, em Alexandria, que há muita coisa envolvida em sua busca pela Tétrada. Será que você pode me dizer do que se trata?

Seus olhos brilharam. Ela abaixou a cabeça e permaneceu imóvel por longo tempo.

– Bem... – começou, inclinando o rosto sombrio.

Entretanto, batidas na porta interromperam sua fala.

– Sara, você está pronta? – perguntou uma voz agradável, vinda do corredor.

A indiana guardou os papéis. Depois, desamassou o vestido e abriu a porta para Leon entrar.

– Desculpem a demora. Meu relógio está atrasado. E então? Vamos? – disse este, elegantemente vestido e apoiado numa bengala de marfim.

– Sim... Claro... Vamos, sim... – disse Sara, desconcertada.

Leon estendeu o braço, que ela aceitou. Na pouca luz, o rosto do homem parecia mais chupado. Tinha pintado o cabelo, o bigode e a barbicha. Usava um brinco de rubi na orelha esquerda. Talvez não tivesse ainda cinquenta anos.

Leon estava hospedado na suíte presidencial do mesmo hotel. Os outros aventureiros estavam em hotéis nas proximidades. Tínhamos marcado de jantar todos juntos. O comerciante nos convidou e indicou o restaurante, "certamente o melhor do Cairo". Eu me desculpei, alegando falta de dinheiro. Ele disse:

– Não se preocupe. É tudo por minha conta.

Foi, portanto, para o restaurante que seguimos, eu no banco da frente do táxi, Sara e Leon de braços dados atrás. Eram mais de 14 horas quando nos sentamos à mesa. Os outros já haviam chegado.

O restaurante era luxuoso, mas de gosto duvidoso. Os garçons trajavam tangas e usavam artefatos do Antigo Egito. Através do terraço, podíamos ver o Nilo.

– Queiram nos desculpar a demora – disse Leon, inspecionando o cardápio. – Bem, não percamos tempo, então. Eu aconselho *molokhiyya*[3] para você, Sara. Trata-se de um legume tipicamente egípcio, com que se faz excelente sopa.

– Ótimo – disse a indiana.

Leon sorriu, alisando as mãos dela. Eu pensava no episódio de Alexandria. Como comprador de pedras preciosas, ele conhecia os negociantes da cidade e teria sabido de antemão que Sara estava querendo fazer negócio?

Feitos os pedidos, Leon nos ofereceu uma rodada de *zibib*[4], comentando:

– É uma delícia, uma delícia!

O jantar foi monótono, como esperava que fosse. Não abri a boca mais que duas vezes, escandalizado pela intimidade que Sara dava ao homem. Deixamos o restaurante de madrugada. Na volta para o hotel, ela e Leon se demoraram no saguão. Estava deitado no chão, ao lado da cama, quando a indiana entrou no quarto.

– O que é que há com você? – perguntou

– Nada – respondi.

Dormi até tarde. O barulho do trânsito e a luz do sol me acordaram. Quando me levantei, havia um bilhete sobre a cômoda:

"Saí com Leon. Volto à tarde.
Beijos,
Sara"

---

3. Sopa verde de espinafre.
4. Bebida egípcia feita de anis.

35

Pirâmides

Passei o dia todo irritado. Quando Higgs apareceu, depois do almoço, me convidando para uma partida de gamão, fechei a porta em sua cara.

– Podemos jogar damas, se você preferir – falou, do corredor.

Insistiu tanto, que acabei jogando algumas partidas. De tarde, fomos até Gizé. O sueco não nos acompanhou. Por algumas libras egípcias, pegamos uma *van* perto da Universidade do Cairo, à margem ocidental do Nilo, um local cheio de casas residenciais de classe média. Passamos por *shoppings*, museus, restaurantes e cassinos. Depois de vinte ou trinta minutos, chegamos à pirâmide de Quéops.

Por toda parte, homens em camelos, cavalos e mulas ofereciam algum serviço.

– São vinte libras – disse a funcionária na bilheteria.

Eu não tinha nem ao menos uma piastra[5]. Sara fez questão de pagar minha entrada. Subimos por um corredor de quarenta metros de comprimento por um de largura e pouco mais de um de altura.

– Higgs vai ficar entalado aqui – disse o eslavo e todos riram, principalmente Peeter.

De fato, não sei como o alemão entrou na Grande Pirâmide, nem como conseguiu avançar pela estreita passagem. Quanto a mim, fui suando frio e bastante trêmulo. Ao fim daquela primeira passagem, chegamos ao que chamam de Grande Galeria. Antes de seguir até ela e alcançar a Câmara do Rei, entramos na Câmara da Rainha.

Não havia nada para se ver ali, apenas um cubículo pouco mais largo do que aquele em que estávamos. Passando pela parte mais alta da Grande Galeria, entramos finalmente na Câmara do Rei, local do sepultamento de Quéops. Diante do sarcófago de granito vermelho e das pedras enormes que compõem o teto da Câmara, senti uma sensação parecida com a que tive perto do Partenon.

– Vamos – disse Sara, puxando-me pela mão, ao notar que eu vacilava.

Visitamos Quéfren e depois, pegando um caminhozinho asfaltado, a Esfinge. Era noite quando terminamos de olhar todos os monumentos do complexo. Temi, durante aquele tempo, que os membros da Ordem aparecessem de repente, representando um de seus costumeiros teatros. Pensei até que pudessem nos trancar nas pirâmides ou surgir de dentro de alguma das câmaras. Porém, nada disso aconteceu. Acabamos as visitas, comemos e nos acomodamos numa barraquinha de comércio. Esperamos, inutilmente, até a hora de o complexo ser

---

5. Moeda histórica usada em diversas regiões da atual Itália, antes da sua unificação no século XIX. Nome adotado para unidade monetária fracionária por alguns países que têm a libra como moeda.

fechado. Então, após discutirmos muito, resolvemos aguardar a Ordem dentro da *van*.

– Uma decisão perigosa – disse o motorista do carro, ao saber de nossa disposição.

Tivemos de insistir bastante e, claro, lhe dar uma quantia razoável de dinheiro para que se convencesse a ficar.

Passamos a noite no acostamento, mas ninguém apareceu e acabamos dormindo uns por sobre os outros. Despertei alquebrado pela manhã. Abri a porta do carro e saí para me esticar. Sara e Leon conversavam, à beira do asfalto. O sol estava fraco. Os outros dormiam.

De repente, o silêncio da pista deserta foi rompido por um motoqueiro barrigudo, vestido em couro, que acelerou uma moto de 125 cilindradas em nossa direção. Parou diante de Sara e lhe entregou um envelope, retirado do casaco. Em seguida, fez o retorno e disparou, ruidoso como viera.

Aproximei-me da indiana no momento em que puxava o papel de dentro do envelope. Sobre a folha branca, li:

"Podem dirigir-se à Síria."

36

Síria

Seguimos para a Síria na tarde do dia seguinte. Eu, Sara, o eslavo, Higgs e Peeter de classe econômica. Leon, de primeira classe. Do aeroporto, tomamos um ônibus até o centro de Damasco. Ali, nós nos separamos.

– Venha – disse Sara, ao nos despedirmos dos outros.

Higgs ficou indeciso quanto a nos acompanhar. Mas, afinal, o eslavo estalou os dedos num gesto convidativo e ele sorriu, apoiando-se nas costas de Peeter. Os três seguiram pela calçada resguardada por tamareiras, enquanto Leon sumia dentro de um táxi, na direção oposta.

Cortando pelas ruas largas da área moderna de Damasco, eu e Sara chegamos à frente do Banco Central sírio. A uma esquina, encontramos uma casa de câmbio, onde ela adquiriu dinheiro local. Em seguida, nós nos hospedamos numa pensão modesta. Quando fechamos a porta do quarto, cujos móveis se restringiam a uma bilha de barro, uma lâmpada de azeite, um cântaro e uma cama de palha, Sara voltou a tirar da bolsa os papéis que tinha tentado me mostrar no Cairo.

– Tome. Você precisa ver isso. Lembra quando nós encontramos Hena na Cidade dos Mortos? Você saiu correndo atrás dela naquela noite, assim que chegamos ao Cairo, está lembrado?

– Sim – falei.

– Pois bem, ela deixou cair esses papéis aqui, ao fugir. Sabe o que são? Os trechos do texto de Fleummer que não estavam na parede, no dia em que nos levaram de faluca até a casa flutuante no Nilo.

– Como?

– Isso mesmo. As três cartolinas que faltavam estão aqui.

Ajoelhei-me e me debrucei sobre as folhas que Sara estendia. Eram, realmente, extratos daquele escrito de Fleummer, apresentado a nós às margens do Nilo. Mas não vi nada de muito importante ou que acrescentasse algo ao que já sabia.

Quando disse isso a ela, a indiana arregalou os olhos:

– Você não viu isso?

E apontou para um trecho, onde se lia: "... porque creio, mesmo, ter sido bom não ter ido a Creta. Quem sabe, no..."

– Fleummer não esteve em Creta! – exclamei.

Sara abriu os braços:

– É o que estava tentando lhe dizer.

– Alguém mais sabe disso?

– Não. Quer dizer, não mostrei a ninguém, mas não sei se a Ordem apresentou o texto completo aos outros.

Nem poderia saber. Não tínhamos ideia do que se passava, individualmente, entre a Ordem e os demais aventureiros. É provável que eles também se vissem às voltas com dados que não conhecíamos. O que me levou a pensar: por que Sara compartilhava aquela informação comigo? Pensei em lhe contar sobre meu encontro com Hena e o livro que ela me mostrou, dentro da igreja, no Cairo. Mas não o fiz. Passei a raciocinar sobre a trajetória de Fleummer.

O fato de o nobre não ter passado por Creta – ao menos até junho de 1683 – me poupava tempo. Não precisaria ir à ilha. E a pesquisa se tornava muito mais simples.

Muitas teorias sobre a vida e o itinerário de Fleummer eram embasadas em sua ida a Creta. Afinal, o que o levara à ilha? Citava-se, entre outras fantasias, um suposto interesse dele pela figura mítica do Minotauro. Ou pela história, já que Creta possuía, na Antiguidade, uma organização social justa e muitos veem em Fleummer uma vontade de refundar a sociedade em bases mais fraternas, o que é, no mínimo, polêmico, já que poucos levavam fé nas aspirações democráticas do nobre.

Evidentemente, também se associava sua permanência na ilha às viagens de Paulo de Tarso. Porém o argumento não se sustentava. São Paulo havia passado por outras localidades. Se Fleummer pretendia recriar o caminho do apóstolo, por que resumir seu trajeto a Síria e Creta? Alguns acreditavam que tinha ido também a Antioquia e a Éfeso.

Na realidade, nada é sabido dos anos que se seguiram à estada de Almey Fleummer em Damasco. A última página que restou do que foi o seu diário datava de 17 de outubro de 1689. Nela, há o começo do que se imagina ser uma despedida:

"Chega o momento. Não o havia marcado, mas, decididamente, sinto-o como algo premente. Sei, não incluo..."

O texto seguinte desapareceu. Outras linhas surgem adiante. Sabe-se hoje que elas não foram escritas no mesmo dia. Com relação a essa passagem, há quase um consenso, segundo o qual, após escrevê-la, Fleummer deixou a capital da Síria, à época sob domínio turco. Para onde foi e, mais importante, por que motivo? Existem inúmeras tentativas de responder a essas perguntas. Nenhuma convincente.

– Você ainda quer saber qual a minha motivação? – perguntou Sara de repente, arrancando-me de meus pensamentos.

– Como? – perguntei, distraído.

– Você queria saber a razão de meu interesse pela Tétrada...

– Sim.

– Bem, o hospital em Andhra Pradesh, onde trabalho, pertence a uma fundação que cuida de crianças órfãs e abandonadas. Está prestes a fechar as portas por falta de dinheiro. Então, eu pensei que, embora a probabilidade de êxito fosse remotíssima... eu pensei que, talvez, pudesse remediar a situação, achando a Tétrada.

Ela falava de cabeça baixa, fitando o chão de cimento. Não sabia o que pensar ou falar, nem se acreditava ou não na indiana. E me retirei para o banheiro.

Pela janela da pequena construção, ao fundo do pátio, podia ver casas, prédios e torres de mesquitas. Comecei a me lavar pelas costas, apanhando água gelada de um tonel. Não tinha ainda molhado o cabelo, quando ouvi um grito feminino. Vozes se seguiram e som de passos.

De repente, a porta do banheiro foi arrombada. Dois homens magros, de bigodes, apanharam o recipiente com que me banhava e o carregaram às pressas. Vi que eles se enfurnavam na casa. Sara saía de lá, correndo em minha direção:

– Venha! Corra! A casa está pegando fogo!

37

Incêndio

O rosto de Sara estava sujo de fuligem. Segurei sua mão. Nesse momento, ouvimos uma explosão. Chamas atravessaram o teto da casa. Reapareceram os homens, carregando a dona da pensão nos braços. A velha gritava, desesperada.

De todas as partes, pessoas acorriam com baldes, vasilhas e panelas cheias de água. Senhoras e crianças berravam. Quando acabei de me vestir, uma multidão se encontrava no quintal. Após cerca de dez minutos, o fogo foi controlado. Sara me encarou, de olhos molhados, e disse:

– O fogo começou nos quartos.

Os aposentos da pensão estavam vazios e não possuíam instalação elétrica.

– Você está querendo dizer que...

Ela balançou a cabeça, confirmando.

– Tentaram nos matar.

Acalmados os ânimos, transferimo-nos com a dona da pensão e seus dois filhos (os tais que invadiram o banheiro e a salvaram) à casa de uns vizinhos muito simpáticos. Fomos recebidos como parentes que acabavam de chegar à cidade. Àquela noite, assustados, não conseguimos dormir.

Pela manhã, saímos cedo. Uma vez na rua, nos dirigimos ao local onde a Ordem tinha sua sede. Tratava-se da Via Recta, "a rua chamada direita", citada no Novo Testamento. Segundo os Atos dos Apóstolos, Saulo de Tarso, um antigo perseguidor de cristãos, tinha se refugiado ali, após ver no céu a imagem de Jesus e escutar uma voz que lhe perguntava: "Por que me persegues?" A partir desse episódio, converteu-se ao cristianismo. É, para muitos, o verdadeiro criador da Igreja. Os católicos o conhecem por São Paulo.

Em nosso caminho, passamos pela Capela de São Paulo, construída no sítio onde o apóstolo, certa vez, foi descido numa cesta para fugir da cidade. Também avistamos a mesquita Umayyad, onde está a tumba de São João Batista.

Quando, finalmente, chegamos à Via Recta, descobrimos que o lugar era tomado por um bazar. No local que deveria pertencer à Ordem, vimos um homem e um menino vendendo frutas.

Sara perguntou ao homem pela casa. Então, ele e o menino começaram a dialogar num dialeto que ela não acompanhava. Aquilo levou um bom tempo. Ao fim da palestra, o menino nos disse, em francês:

– Querem ir até lá? Sigam-me.

Pensamos se tratar de um engano. Entretanto, não precisamos dizer nada, porque o garoto logo emendou:

– Não é à sede da Ordem Fleummeriana que vocês querem ir, senhores? Venham, posso levá-los.

E passou adiante, abrindo caminho. Seguimos o adolescente magro, de rosto achatado, olhos amendoados e buço negro até um jipe, nos arredores do bazar. O motorista do "táxi", que parecia ser amigo dele e dormia sobre o volante quando chegamos, nos levou até os limites da cidade. Ali saltamos e voltamos a caminhar.

Depois de longa caminhada, chegamos a uma montanha. Subimos a elevação. Descendo a encosta do outro lado, chegamos a uma pequena casa retilínea, de barro vermelho. O menino bateu na porta de ferro. Voltou a bater, chamando no dialeto empregado antes com seu pai. Então, uma voz irritada falou de dentro:

– Voltem mais tarde! Que incômodo!

O menino deu de ombros:

– É... Vocês não estão com sorte.

– Como?! – falamos eu e Sara, em coro.

– Falta de sorte – repetiu o garoto. – Vocês não poderão ser atendidos agora.

Não consegui me alegrar, sabendo da distância que nos separava da cidade e do despropósito de tempo que havíamos perdido em vão. De volta à Via Recta, Sara pagou mais que o devido ao garoto pelo serviço.

– Chamo-me Walid – disse ele, satisfeito, guardando o dinheiro sob a túnica.

Como àquela altura entráramos já pela tarde, a indiana sugeriu que almoçássemos no bazar. Gastaríamos algumas horas, passeando. Quando o sol baixasse, retornaríamos à bizarra sede da Ordem.

Comemos uma refeição rápida numa lanchonete e tomamos chá sobre almofadas, num café ricamente decorado. À saída do local, surpreendemos Higgs e Peeter, debruçados sobre a mesa de uma mercearia.

– Olá, o que é que vocês fazem aqui? – perguntou Sara.

O alemão e o empregado levantaram a cabeça. Suas fisionomias não poderiam estar mais desmaiadas. Higgs tinha os olhos vermelhos e inchados. Peeter fungava, coçando o nariz.

– Que houve? – tornou a perguntar a indiana.

– Oh, uma desgraça, *Sarra*! Uma desgraça! O eslavo se matou!

38

O eslavo morto

Higgs e o eslavo haviam se hospedado num hotel modesto, no centro de Damasco. Segundo o alemão, na noite anterior, eles tinham ficado juntos até por volta das 22 horas. Ao se recolher, Higgs não percebeu nada de anormal no amigo.

– Eu me admiraria se ele tivesse percebido algo – comentei.

Pela manhã, Higgs retornou ao aposento do eslavo. Bateu diversas vezes na porta. Tentou abri-la. Então, ele, Peeter e um funcionário do hotel entraram no quarto, usando uma chave reserva. Depararam com o corpo atirado sobre a cama.

A polícia foi chamada ao local. Temendo o escândalo, Higgs abandonou seus pertences, acompanhado do fiel escudeiro. Perambularam sem rumo, até encontrarem a Via Recta. Pelo menos, essa era a versão dele.

Nesse instante, vimos uma dupla de policiais caminhando por entre as mesas. Patrão e empregado encolheram-se em seus assentos. Eu e Sara formamos uma barreira com nossos corpos. Pensei que seríamos envolvidos na investigação do crime.

– Isso aqui está ficando *perrigoso* – disse Higgs, expressando minha preocupação.

Após um minuto, Sara decidiu:

– Vamos. Vocês precisam deixar a cidade.

– Deixar a cidade? E a *Tétrrada*? – falou o bigodudo.

– Não se preocupe. Venham conosco.

Deixando a cidade, nós nos internamos mais uma vez no árido descampado que circundava Damasco. Tentávamos voltar à suposta sede da Ordem Fleummeriana. Contudo, sem a ajuda de Walid e confundidos pela sequência de rochas e pela coloração uniforme do solo, acabamos nos perdendo.

– Onde estamos? – murmurava Higgs, a cada cem metros.

Escureceu. Instados por Higgs e Peeter e pelas vozes dos animais da noite, escalamos uma montanha e nos abrigamos. Logo veio a chuva. Estávamos assim, quando ouvimos um ruído. Em seguida, o som foi se fazendo constante. Por fim, observamos pontos de luz na planície.

– É um carro! – gritou Higgs.

Levantamos e descemos a encosta da montanha, correndo.

– Ei! Aqui!

Vimos o automóvel desacelerar e frear a vinte metros de nós. Era uma limusine. De repente, uma das portas do carro se abriu. Um homem de terno saiu de dentro dele, com uma taça de champanhe na mão.

– Sara! Venha! – disse.

Reconheci Leon pela voz, não podia ver seu rosto. O chamado endereçado, exclusivamente, à indiana deixou Higgs e Peeter decepcionados. Eu estava nervoso. Ao fim, Sara convenceu o homem a nos dar uma carona.

– *Grrande* Leon! – disse Higgs, entrando no carro.

O contraste entre nosso estado e o luxo do automóvel era gritante. Além de Leon, que nos ofereceu bebida e quitutes industrializados (todos aceitos por Higgs e Peeter), havia ainda outro passageiro no carro. Walid.

– Como vão, senhores?

Depois de vinte minutos de trajeto, Walid fez um sinal ao motorista e disse a Leon, que o havia contratado:

– É aqui, senhor. Chegaram. A pé, o percurso não é tão longo. De carro, é preciso contornar as montanhas.

Descemos em frente à casa de barro vermelho. À sua porta, quatro homens esperavam sobre a lama. Três deles, não conhecia. O quarto era o sueco.

– Como vão? – disse este, sério.

A limusine se foi com Walid. Ficamos esperando a casa ser aberta.

– Que horas são? – ouvi um dos estranhos perguntar, em espanhol.

Pouco depois, escutamos barulho de passos. Vimos uma senhora de esvoaçantes cabelos brancos e um cachorro de pelo creme, saídos sabe Deus de onde. A mulher conversava com o animal. Quando se aproximou, descobrimos que era cega.

– Oi, meus filhos! Que tal a noite? – disse, risonha. E emendou: – Calma, calma, não digam nada. Deixe-me ver se adivinho quem são...

Em seguida, apalpando nossos rostos, declinou o nome de cada um, inclusive dos três desconhecidos, dizendo frases do tipo:

– Ah, você certamente é Sara. Você, claro, claro, só pode ser Higgs. Exatamente como pensava, Peeter... Oh, como está molhado!...

E rindo, tirando um molho de chaves do bolso do vestido de cigana, abriu a porta de ferro.

39

Dentro da sede

A casa não era mais que um simples cômodo, iluminado por lâmpadas de azeite e forrado de mármore negro. A um canto, havia um fogão a lenha e pratos, copos e talheres empilhados em prateleiras. No centro do recinto, uma mesa de doze lugares tomava quase todo o espaço. E as paredes eram cobertas por felpudos tapetes persas.

– Sentem-se – disse a senhora, após acender as lâmpadas.

Fizemos o que ela pedia e esperamos calados, enquanto mexia nas panelas, falando consigo mesma ou com o cachorro, que se postara à porta. Depois, fez passar uma espécie de ata de presença.

– Pronto – disse, quando assinamos a folha. – Agora, podem vir, meus filhos. Peguem as lâmpadas e venham.

Ela enfiou a mão por trás de um tapete e vimos a parede ceder, abrindo passagem a um ambiente totalmente escuro, onde havia uma escada de pedra.

– Venham, venham! Não tenham medo!

Ao fim dos degraus, havia um túnel curto, alagado, e uma porta de madeira.

– É por aqui.

Do outro lado da porta, novo túnel dava em numerosas passagens, que iam para diferentes corredores. Ao longo das paredes, havia aberturas. Ouvíamos vozes.

Finalmente, entramos por uma passagem larga e chegamos a uma série de cômodos, ligados por arcos, cheios de estantes de livros. Armaduras medievais e espelhos decoravam as paredes, onde havia tochas. Portas, escadas e vitrais podiam ser vistos do chão ao teto. Eu tinha a impressão de estar no calabouço de um castelo. Homens e mulheres, jovens, adultos e idosos passeavam entre as prateleiras ou liam, sentados em mesas e escrivaninhas espalhadas por toda parte.

– Muito bem, aí está. Certo, certo. Agora vou deixá-los com a instrutora. Sim. Esperem.

A senhora disse isso e desapareceu entre as estantes. Voltou minutos depois, acompanhada.

– Pronto – tornou a dizer, afastando-se. – Fiquem com ela, sim? Boa sorte. Rezarei por vocês.

– Sigam-me – disse a instrutora, que vestia uma roupa rosa, com detalhes dourados e colarinho espalhafatoso. Usava um pó muito branco no rosto e fumava cigarrilha. Quando andava, ouvíamos o som enervante de seus grossos tamancos. Demorei a perceber que era Hena.

Enquanto a seguíamos pelo corredor que unia os cômodos, eu me lembrava de Guillaume Fito, um belga que tinha escrito sobre uma biblioteca subterrânea em Damasco, onde estudavam os seguidores de Fleummer. Vendo agora que era verdade o que dizia, eu me perguntava quanto de real haveria em cada um dos relatos surreais que já tinha lido a respeito da Ordem. Em algumas obras, era possível encontrar descrições de locais secretos no Egito, cultos em Creta, rituais sangrentos na Grécia e coisas semelhantes. O Caminho não se apresentava a todos da mesma forma.

– Alto! – falou Hena.

Tínhamos parado em frente a uma mesa de pedra. Duas estantes a ladeavam. Na parede, se destacava um tapete bordado com a figura da Tétrada.

– Sentem-se.

A instrutora permaneceu em pé. Por trás dela, percebi mulheres e homens de roupas semelhantes à sua, em meio a outros frequentadores da biblioteca.

– Vocês estão na Biblioteca Suda, um centro para estudiosos da Tétrada. Permanecerão pelo tempo que for determinado. Podem se servir dos livros que estão nessas duas estantes. Somente deles. Não são permitidas conversas com outros visitantes ou instrutores. Só falem comigo. E quando solicitados. Quanto ao mais, podem ir e vir quando quiserem. Levantem--se. Vou lhes mostrar a saída da biblioteca. É por lá que devem entrar da próxima vez.

Acompanhamos Hena pelo corredor, até alcançarmos uma abertura oval na parede.

– É só seguirem a parede do seu lado esquerdo. Voltem amanhã.

Levamos pelo menos meia hora até atingirmos a saída. Eu tinha a impressão de que dávamos voltas sobre o mesmo ponto. Quando chegamos ao ar livre, a noite estava extremamente clara. Notei que tínhamos saído por uma caverna. Estávamos no deserto, mais uma vez.

Ainda confuso, vi as luzes de um carro. Era a limusine, que esperava por Leon.

– Ei, senhores! – gritou um divertido Walid, pondo a cabeça pela janela do automóvel.

Constrangido, o mercador de pedras preciosas teve de compartilhar sua condução conosco novamente.

40

Na biblioteca

Nos dias que se seguiram, nossa rotina foi a mesma. Eu e Sara acordávamos cedo, tomávamos café da manhã na residência em que nos acolheram, após o incêndio na pensão, e nos dirigíamos à biblioteca. Lá, sentados ao lado do sueco, de Leon, Higgs, Peeter e dos três estranhos (que descobri serem espanhóis), passávamos o dia debruçados sobre livros e brochuras. Tínhamos à nossa disposição toda sorte de material a respeito de Fleummer e da Tétrada. Havia também textos sobre Filosofia, Magia, História e Religião.

Walid tinha arrumado para o alemão e Peeter um quarto numa residência de sua família, nos arredores de Damasco. Assim estavam protegidos da polícia e mais próximos da biblioteca.

As reuniões eram curiosas. O sueco era o primeiro a chegar de nosso grupo. Postava-se à cabeceira da mesa e passava a maior parte do tempo calado. Leon se sentava por último. Sabíamos que estava na biblioteca apenas pelo cheiro de seu perfume de grife. Sentados de frente um para o outro, Higgs e Peeter tinham ferozes discussões, em uma língua que soava como quimbundo. Higgs agora parecia submisso ao pequeno, que não poupava gritos ao patrão.

Quanto aos outros, os três espanhóis formavam um pequeno grupo que não se misturava conosco. Leon cercava Sara de atenções, o que me deixava com raiva. Indiferente a meu mau humor, a indiana frequentemente interrompia a leitura de uma obra para me indicar um trecho do texto que estava lendo. Sempre compartilhava comigo as informações que obtinha.

Foi numa dessas ocasiões que assinalou o apontamento de um leitor, deixado na contracapa de *A rota do cavaleiro*, clássico de Syrila Pruvna. Em letras de fôrma, lia-se ao pé do papel estragado: "Por isso, não fiquem preocupados com o dia de amanhã, pois o dia de amanhã trará as suas próprias preocupações. Para cada dia, bastam as suas próprias dificuldades". Novamente, o versículo do evangelho de Mateus.

Mas a descoberta realmente marcante daqueles dias viria da leitura comparada dos manuscritos de Fleummer. Havia mais de quarenta cópias dos escritos mutilados do nobre, nas estantes sob nossa guarda. Nem uma era idêntica à outra. Entre todas, apenas uma trazia novidades. Era uma cópia em italiano, que continha o seguinte:

"Procurei Deus por toda parte: nas cúpulas de Roma, nos pais, nos hereges e cismáticos. Despi-me de todos e achei o Cristo.

'Eu afirmo a vocês que isto é verdade: se vocês não mudarem de vida e não ficarem iguais às crianças, nunca entrarão no Reino do Céu'" (Mt 18,3).

Lembrei que Finnes Brueguel cita esse trecho, do mesmo modo, em seu livro *O inatingível caminho*, e que os principais seguidores de Fleummer, os Cavaleiros da Pedra, utilizavam uma cópia do manuscrito em que havia essa citação do evangelho.

Certa noite, eu me dei conta de que vinha evitando conversar com Sara. Saíamos da biblioteca antes do anoitecer, voltávamos para a cidade juntos, jantávamos na mesma mesa; entretanto, por mais que ela insistisse em falar, eu a tratava com distância.

– É o fato de eu manter amizade com Leon que o incomoda? – disse ela, numa madrugada em que não conseguíamos conciliar o sono.

– Claro que não – menti.

– Eu quero que você saiba...

– Você não precisa me dizer nada, Sara. Não deve me dizer nada.

Àquela noite, terminado o serviço, eu lhe dei a mão, como se pedisse desculpas por meu comportamento nos últimos dias. Caminhando para Damasco, sob o crepúsculo, sorria para Sara, a ponto de dizer a ela que a amava.

A certa altura do caminho, porém, percebi que estava preocupada. Antes que pudesse dizer qualquer coisa, ela se adiantou:

– Lembra do telefonema que dei ontem?

Sim, lembrava que havia ligado para a Índia, no dia anterior.

– Uma amiga doente está precisando de minha ajuda – prosseguiu.

– Como assim? O que é que você quer dizer com isso, Sara?

– Que vou desistir da Tétrada. Parto para casa amanhã.

41

Sem Sara

A partida de Sara me deprimiu. Passei outras três semanas indo, diariamente, à Biblioteca Suda. Mas o fazia por absoluta necessidade. Ao fim de vinte e quatro dias, fui chamado à sala de Hena. Àquela altura, os integrantes de nosso grupo, menos os espanhóis, haviam deixado de frequentar a biblioteca. Sumiram sem deixar pista. Também não via mais motivo para permanecer ali. Sentia pouco avançar, em meio aos livros. E foi com essa disposição que entrei na sala da grega.

Ao me ver, ela me entregou um formulário, para que o assinasse (não sei, exatamente, qual a fixação da Ordem por papéis e assinaturas), e falou:

– Tenho duas coisas para lhe dizer. Primeira: de hoje em diante, não será mais permitida sua presença em qualquer estabelecimento da Ordem Fleummeriana. Segunda: sei que o último registro da presença de Almey Fleummer foi feito perto das ruínas de Palmira. Passar bem.

Assim que ouvi essas palavras, corri para Damasco, gritando e saltando como um alucinado. Juntei as duas roupas que possuía e haviam sido presente de Sara, guardei sob a cueca mil dólares que a indiana tinha me dado antes de partir, despedi-me da família que havia me hospedado e me dirigi à estação rodoviária, onde peguei o primeiro ônibus para Palmira.

Durante o percurso, percebi ser alvo de olhares de revolta e gestos inamistosos dos passageiros. Tardiamente, notei que os comentários começaram quando me sentei. Acontece que a poltrona a meu lado era ocupada por uma mulher. E as regras de conduta, na Síria, condenam a pessoa que se senta ao lado de outra, do sexo oposto, numa condução.

Só compreendi, inteiramente, a gravidade do delito, quando já não havia remédio. De modo que fui atirado para fora do carro, sem muita cerimônia, a quatro quilômetros do meu destino. Fiz o restante do trajeto a pé. Poucos automóveis passavam na estrada. O sol queimava minha nuca. Sentia pressão nos ouvidos. Meus dedos se enchiam de calos. Mas tinha esperança.

Como disse antes, ninguém sabia do paradeiro de Fleummer, após sua saída de Damasco. Havia muita especulação e nenhuma evidência. Diante de tanta incerteza, a informação de Hena era nova. Palmira jamais havia sido considerada como possível estada do nobre.

A cidade se situa nos arredores de um oásis, no meio do Deserto Sírio. Em tempos antigos, foi um importante entreposto comercial da rota Mediterrâneo-Mesopotâmia. Ligava Roma ao Extremo Oriente. Podem ser encontradas, em suas vizinhanças, ruínas clássicas, como as de um anfiteatro e de um templo pagão.

Gastei uma tarde e parte da noite daquele primeiro dia em meio a colunas milenares, sem deparar com sinais da presença de Fleummer. Instalado num quartinho, no primeiro andar de um armazém do centro da cidade, dormi sobre montes de carne de carneiro salgada.

Na manhã seguinte, retornei ao local das ruínas. Ao meio--dia, almocei. Pela tarde, voltei ao sítio indicado por Hena. Fiquei lá até a noite, quando voltei para a cidade. Repeti os passos no dia posterior. E assim fiz durante uma semana. Não trocava palavra com ninguém, nem demorava em lugares públicos.

Um belo dia, ao pôr do sol, eu me preparava para tomar o caminho da cidade, após mais uma jornada infrutuosa, quando ouvi passos na estrada. Olhei na direção do vulto que se aproximava e vi um velho de longas barbas brancas, enrolado num manto puído. Parando a dois passos de mim, ele sorriu, exibindo dentes desalinhados, e disse algo em árabe. Como eu pedisse desculpas por não entender seu idioma, ele riu muitíssimo e acrescentou, num francês truncado:

– Como vai?

– Bem – respondi.

– Belo dia, não?

– Sim.

– Está aqui há muito tempo?

A pergunta era, no mínimo, estranha. Quem era aquele sujeito, afinal? Usava sandálias de couro gasto, amarradas nas canelas, era careca e tinha dentes amarelados.

– Quando chegou? – voltou a perguntar o velho, atrevidamente, lançando um hálito de cebola na minha cara.

– O senhor é da cidade? – perguntei, impaciente.

– De Palmira? Ah, não, não! – riu, interminavelmente. – Estou passeando.

"Ótimo, escolheu justamente a mim como objeto de diversão!", pensei.

– Onde moro é muito solitário – continuou o velho, compenetrado. E acrescentou, em seguida, uma frase que me deixou tonto: – E o senhor, veio atrás da Tétrada?

– C-Como?

– Perguntei se veio atrás da Tétrada – confirmou.

Onde aquele mendigo lunático tinha ouvido falar da Tétrada? Imaginava que nem um único morador de Palmira sabia da existência de Almey Fleummer! Olhei-o, desconfiado. Após muita hesitação, arrisquei:

– Sim...

Ele gargalhou, bondosamente:

– Ah, são tantos, tantos! Somos todos loucos, o senhor sabia? Loucos! Mas, se quiser, pode me acompanhar...

– Acompanhar?

– Para a montanha. O senhor não está atrás da mundialmente famosa Tétrada Diamantina?

– S-Sim – falei, perturbado pela ironia dele.

– Pois muito bem, me siga.

Resolvi acompanhá-lo.

42

A montanha

Enquanto dava um passo, o velho dava dois, aos pulos, como se marchasse. Assim nos embrenhamos na região montanhosa que se seguia aos monumentos clássicos. Subimos encostas pedregosas e varamos extensas porções de terra ressequida. O sol declinava no horizonte.

Começou a fazer frio. Ele enrolou um pedaço de lenço no pescoço e me ofereceu outro. Olhei para as nódoas no pano e declinei da oferta, escondendo as mãos sob os braços. Em seguida, bordejamos desfiladeiros e ribanceiras e atravessamos uma floresta de plantas espinhentas. Miados me deixaram sobressaltado, mas meu guia riu, afirmando que estávamos seguros.

Cruzamos o que parecia ser o leito seco de um rio e retrilhamos a vereda das montanhas. A cada metro, a altitude aumentava. Logo que escureceu, chegamos ao topo achatado de um morro.

– Vamos parar aqui – disse o velho.

– O quê?

– Não gosto de andar à noite.

– Mas...

– Vamos acampar.

Fiquei olhando, enquanto ele se dirigia a umas rochas que formavam um círculo. O céu estava tomado de estrelas. Nada enxergava da planície. O velho desapareceu atrás das pedras. Depois de alguns minutos, comecei a pensar que havia me abandonado. Nervoso, levantei e arrisquei alguns passos no escuro. Não o enxerguei. Mais dez minutos se passaram e nada. Tremia de frio.

– Ei! – chamei.

Ninguém respondeu. Voltei a chamar. Escutei um chiado. De repente, vi chamas subirem por trás das rochas. Afastei-me, arrastando-me com medo. Então ouvi:

– Aonde vai?

Era o velhinho risonho, saindo por onde entrara. Rosto cheio de fuligem, segurava um graveto em chamas. Reparei que se conduzia no escuro da mesma forma que no claro. Seus passos miúdos, mas precisos, estavam adestrados à caminhada. Aproximando-se, disse, calmamente:

– Fiz fogo. Venha.

Ele tinha uma barraca e apetrechos de acampamento no morro. Ficavam entocados numa grota, cuja saída era protegida por lona. Postei-me a seu lado, esfregando as mãos, para me esquentar diante da fogueira. Ele, então, pôs a mão num saco e tirou uma lata de feijão. Abriu-a, usando uma lasca de pedra, e a colocou sobre o fogo. Enquanto esperava a comida ficar pronta, disse:

– O senhor precisava ver isso aqui nos anos sessenta. Todos achavam que encontrar a Pedra era uma questão de horas. Agora, um ou outro perdido é que aparece. Só restamos nós, os loucos.

– O senhor procura a Tétrada desde os anos sessenta? – perguntei, espantado e um pouco mais aquecido.

– Não, não – respondeu ele, tranquilo. – Procuro desde a década de cinquenta.

Após a refeição, nós nos deitamos. Não dormi de imediato. Refugiei-me num canto da grota e me armei com pedras. O fogo estava se apagando quando adormeci.

Na manhã seguinte, descemos o morro. Gastamos parte do dia, seguindo na direção de uma cadeia de montanhas. Ao fim da tarde, saltamos um abismo (estreito, mas profundo) e ganhamos o topo de uma elevação. Dali passamos a uma espécie de vale de arbustos.

– Aí está – balbuciou o senhor, mastigando a língua e apontando para uma montanha que crescia a nossa frente, ao fim do vale.

– O quê? – perguntei, exausto. Tinha medo de que estivesse, realmente, acompanhado de um maluco.

– Chegamos – respondeu ele, mais firme. – É aqui que, segundo se crê, o desgraçado escondeu a Tétrada.

Olhei para o velho, demoradamente. Desviei os olhos. Tornei a fitá-lo.

– Venha – convidou ele, rindo muito e andando na direção da montanha.

Galerias e cavernas formavam um complexo de proporções inimagináveis, onde figuras esquisitas de todas as idades desfilavam como bichos. Uns se reuniam em grupos, outros meditavam, sozinhos. Alguns escavavam as paredes com pás e picaretas. Muitos liam, comiam, se exercitavam ou simplesmente andavam. Homens e mulheres, recém-chegados e ermitões de décadas, ocidentais e orientais, meia centena de pessoas, talvez, habitavam ali, em cavernas.

Lera em J. Kanz e outros autores sobre aquele lugar, tão fantástico e improvável que não acreditava que existisse. Sua localização, segundo o parecer divergente de quantos escreveram sobre o assunto, variava entre o Iraque e o Líbano. Ninguém tinha sido capaz de precisá-la.

Pensava nisso, vasculhando os limites das galerias, em que tímidas fogueiras eram acesas. Então ouvi uma voz:

– Amigo, você por aqui?

Virei-me e vi, num canto do ambiente escuro, contra as chamas de uma dúzia de velas, as faces de Higgs, Peeter, Leon e do sueco.

43

Reencontro

Durante sete meses me misturei aos aventureiros da montanha que procuravam pela Tétrada Diamantina, peça milionária deixada por Almey Fleummer como pagamento de uma promessa, segundo muitos acreditavam, inspirados em fragmentos de seu diário (sobretudo no fragmento 12.471, em que se lê: "Porque ela estará pronta, a obra em que empregarei minha riqueza", e o 13.609, que diz: "Minha herança se chama Tétrada Diamantina").

Dispersos pelas reentrâncias da região, estavam ex-participantes da Ordem transformados em gurus. Também havia simples exploradores e ex-caminheiros. Entre estes, achei Ricardo Balaños, um peruano que na década de 1980 escreveu um livro, intitulado *Fleummer e a farsa do Caminho da Tétrada*, em que negava o interesse do nobre em produzir o tesouro.

O senhor que fora meu guia até A Fortaleza – nome que se dava à montanha – se chamava Ali e era um dos mais velhos entre nós. Como ele, havia mais dois que caminhavam de pedra em pedra, entre a consciência e a loucura, falando com fantasmas do passado. E o medo de todos era que ficássemos como aqueles três.

Minha rotina não variava. A princípio, tomava o desjejum, jantava e dormia na cidade. Chegava pela manhã bem cedo à montanha e saía antes do anoitecer. Alguns mais faziam como eu e éramos tidos pelos outros como verdadeiros hereges. Para a maioria que morava na montanha, a recusa em nos mudarmos para o deserto era um crime.

A Fortaleza era um recanto de meditação. Nela, digeríamos a cultura que havíamos acumulado e nos propúnhamos soluções para o enigma da Tétrada Diamantina. Sendo aquele o último lugar onde Fleummer estivera, tinha sido transformado em santuário e também num sítio privilegiado para a procura do objeto.

Armado de pá, picareta e da Bíblia que a cozinheira me dera na Líbia, eu saía diariamente de Palmira e galgava a montanha à cata da peça. Para encontrá-la, seria preciso penetrar o pensamento de Fleummer.

Em minhas caminhadas, da cidade para o deserto e vice-versa, Peeter e Higgs me acompanhavam. Quando soube que tinha alugado um quarto em Palmira, o alemão se ouriçou e pediu para se alojar comigo.

– Temporariamente. Enquanto *esperro* pelo dinheiro de uma transação – explicou.

Não sei a que transação se referia. Até então, habitava uma das galerias d'A Fortaleza. Mas o desconforto o irritava, visivelmente. Suas brigas com Peeter haviam se tornado mais ruidosas. Como na biblioteca, os dois discutiam a todo momento.

E era o alemão quem recapitulava. Por algum motivo, Peeter tinha deixado de ser um empregado dócil e se enfurecia, frequentemente, perseguindo o patrão com gestos enérgicos.

– Tudo bem – disse, ante o pedido choroso do alemão. E, desde aquele dia, viramos companheiros de quarto.

Na prática, a concessão significou desembolso de dinheiro. Mas não vi problemas, desde que Higgs me deixasse em paz. Tratava de me separar dele assim que chegávamos à montanha e, à noite, apesar de sua insistência para conversar, eu e Peeter simplesmente nos virávamos e dormíamos.

Quanto a Leon e ao sueco, eu os via raramente. O primeiro não morava na montanha, nem permanecia nela por muito tempo. Chegava a qualquer hora, sempre com o terno impecável, recendendo a colônia, apoiado em sua bengala adornada e fumando cigarros holandeses. O sueco, por sua vez, se isolava no interior das cavernas por longos períodos e pouco ficava perto de gente.

Ao fim do terceiro mês de incursões, esgotado, estava deitado em minha cama, em Palmira, prestes a dormir, quando o quarto foi arrombado. Um homem franzino, com um véu que deixava os olhos descobertos, invadiu o aposento, segurando uma faca. Nervoso, repetia:

– Dinheiro! Dinheiro!

– Não temos dinheiro – falei, enquanto Higgs e Peeter se abraçavam sobre o colchão, com medo.

– Dinheiro, dinheiro! – insistia o bandido, encostando a faca em meu pescoço.

Por fim, acabei metendo a mão entre as carnes secas que me serviam de cama e tirei as cédulas. O ladrão as apanhou, num bote rápido, e escapuliu. Eu acabava de perder minhas últimas economias.

44

Na Fortaleza

Sem dinheiro, não tive outra opção senão me mudar para A Fortaleza. A partir de então, tive de mendigar para sobreviver.

Tão logo se viu desabrigado, Higgs, como por milagre, conseguiu dinheiro e continuou instalado em Palmira, num quarto ainda melhor do que o meu. Desculpou-se, dizendo que não tinha condições de me ajudar, mas que, "quando as coisas melhorassem", poderia contar com ele.

Durante quatro meses, passei fome, sede, frio e adoeci várias vezes, coberto de imundície. Comia apenas uma vez por dia, à noite. E, como o tonel de água custasse quase todo o dinheiro que arrecadava na cidade, nos dias em que tomava banho, eu não me alimentava.

Entre os retirados da montanha, não encontrei quem me ajudasse. Ao contrário, em mais de uma ocasião, reparti meu pão com outros miseráveis que, como eu, haviam saído de suas pátrias cheios de esperança para caírem na completa indigência.

Passava noites insone. O velho Ali me surgia como uma ameaça. Temia a loucura. A permanência n'A Fortaleza parecia inútil. Eu passeava pelas galerias, sentava nos rochedos, perambulava entre arbustos e lia a Bíblia, esperando por algo que já não tinha tanta certeza de querer encontrar.

Saúde abalada, confiança definhando, cabelos longos, vestindo andrajos e cheio de dúvidas, no sétimo mês de estada contínua na montanha, recebi a visita de Leon. Como das outras vezes, ele chegou muito arrumado. Conversou com um e outro e se aproximou, ao me avistar.

Em todo aquele tempo n'A Fortaleza, Leon jamais se dirigiu a mim. Nem ao menos respondeu a acenos de cabeça. Nossa antipatia era evidente, desde que tinha se aproximado de Sara.

Eu estava sentado numa grande rocha, à beira da encosta, estudando a Bíblia. Atrás de mim, havia a boca de uma caverna. À esquerda, um caminho, tangenciando o despenhadeiro.

Leon subiu a trilha de pedra e alcançou um lugar ao meu lado. Sentando-se, deu um tapinha em minha coxa e estendeu a mão, dizendo:

– Como vai?

Apertei a mão dele, desconfiado, e esperei pelo que tinha a dizer. Ele coçou a barbicha, prendeu a bengala entre os joelhos e afrouxou o nó da gravata. Após tirar os óculos escuros, encarou-me demoradamente. Parecia estudar as palavras antes de começar a falar. Ficamos cerca de cinco minutos calados. Afinal, ele se decidiu, limpando o pigarro, e perguntou, pausadamente:

– Você está passando necessidades?

Tive vontade de dizer que o assunto não era de sua conta. Respondi, secamente:

– Não.

Ele virou a cara para um lado e para o outro. Esticou o pescoço. Em seguida, levou um dedo aos lábios e voltou a me encarar:

– Escute. Eu sei que houve desentendimentos entre a gente, no passado. Sobretudo, por conta de Sara. Mas... Você não entende... Veja. Preste atenção. Eu e Sara... Eu e Sara somos... fomos...

Ele interrompeu o que dizia. As veias do pescoço estavam salientes. Pela primeira vez, meus olhos penetraram os dele. Não esperava que citasse a indiana.

– O que há entre você e Sara? – perguntei, sem esconder o espanto.

– Eu e Sara, nós... – começou a dizer, mas não prosseguiu. Meteu a mão dentro do paletó, de onde tirou uma fotografia:

– Olhe aqui.

Olhei a foto. Sara e Leon apareciam como noivos numa cerimônia de casamento. Arregalei os olhos, pasmo.

– Ela não lhe contou, porque a ameacei. Fui casado com essa mulher durante cinco anos e nos separamos há dois. Ela me deixou. Desde então, eu a tenho procurado insistentemente. Sabia que faria o Caminho. Também queria fazer.

– Mas...

– Não quer nada comigo. Nunca quis. Nosso casamento foi arranjado por motivos religiosos. Se lhe conto isso é apenas para mostrar que não tenho nada contra você. E para lhe falar que quero lhe fazer uma proposta.

Ao terminar a frase, Leon tornou a guardar a fotografia. Parecia menos tenso. Quanto a mim, estava completamente bobo.

– Está disposto a ouvir o que tenho a dizer? – perguntou, em seguida.

Fiquei calado. Ele continuou, ao fim de um longo silêncio:

– Dou dez mil dólares para você desistir da busca.

Senti uma tontura. Não conseguia fazer a saliva descer a garganta.

– O que me diz? – insistiu, tapinha em meu ombro.

Olhava a Bíblia aberta em minhas mãos, sem concatenar as ideias. As páginas de papel fino voavam, atiçadas pelo vento, umas se dobrando sobre as outras.

– E então, homem? Está achando o dinheiro pouco? – tornou a perguntar Leon, sorridente.

Quando, enfim, consegui me controlar, disse:

– Não. Obrigado.

Ele aumentou a oferta para treze, depois quinze mil dólares. Levantei-me e me recolhi à caverna que estava atrás de nós, sem lhe dar ouvidos.

Dias depois desse episódio, numa das subidas a um morro da trilha que levava a nosso reduto, eu me emparelhei com o sueco. Desde a Biblioteca Suda, não nos falávamos. Eu o cumprimentei. Ele não respondeu. Olhos vidrados, virou-se para mim e me empurrou com os dois braços, lançando-me do alto da elevação.

45

A queda

Recobrei a consciência, às margens de um rio, ouvindo o som de pássaros e do vento. Estava vestindo um manto marrom e tinha os pés descalços. Ao levantar o peito para observar melhor a paisagem, escutei uma voz feminina gritar, exaltada:

– Ele acordou!

Virei-me em sua direção e avistei homens, mulheres e crianças apontando para mim. Logo se formou um círculo a meu redor. Todos me apalpavam e se entreolhavam, alegres. Rostos humildes e gastos pela pobreza.

– Como você está se sentindo? – perguntou uma mulher de olhos claros, destacando-se do grupo.

– Tenho sede – falei.

Ela chamou um dos meninos e lhe deu algumas ordens em seu dialeto. O rapaz trouxe um vaso com água. Então, a mulher derramou um pouco do líquido numa cabaça que colocou em minhas mãos. Ajoelhando-se e, umedecendo um lenço que carregava ao ombro, limpou meu rosto e meu pescoço, enquanto eu tomava a bebida.

– Sente-se melhor? – perguntou, quando esvaziei a cabaça.

– Sim – respondi.

– Consegue andar?

– Não sei.

– Venha. Eu o ajudo.

Levantei-me, apoiado em seus braços. Mas, ao pressionar o pé contra o solo, senti o joelho estalar. Tive de descer o banco do rio carregado. Na areia das margens, havia animais, tendas e pessoas sentadas.

– Por aqui – falou a mulher de olhos claros, indicando a entrada de uma tenda, onde fui acomodado.

Comi grãos e um pedaço de carne, que me trouxeram num prato quente de alumínio. Não estava com fome, nem sentia vontade de falar. Enquanto me alimentava, notei curiosos à entrada da tenda.

– Você está conosco há dias – continuou a mulher, após longo intervalo. – Nós o recolhemos perto de Palmira. Pensamos em entregá-lo às autoridades. Mas não sabíamos quem era. E fugíamos. Palmira não era nossa rota.

Minha cabeça estava doendo. Disse:

– Onde estou? Preciso voltar a Palmira.

Mas não foi senão após dois meses que esse meu desejo se concretizou. Recuperando-me entre os nômades, via o tempo escoar em meio a camelos, cabras e carneiros. Retornavam a

Palmira, sim, porém, vagarosamente. Conduziam a alimária pelo deserto, sem pouso certo.

Abrigado na tenda de Miria, a mulher de olhos claros, acabei por me envolver no dia a dia da tribo e a participar de seus trabalhos. Em todas as tarefas, meu companheiro principal era Jahiz, seu filho mais velho. Foi com ele que aprendi a gostar dos animais e a valorizar os detalhes da paisagem. À noite, pensava, ardorosamente, em Sara.

Um dia, caminhando sobre as dunas, enrolado em pesados mantos, tive novamente a visão de Fleummer e Atena. Havia me afastado do acampamento que acabávamos de fazer. Ao fixar os olhos no topo de uma duna, vi uma águia fazendo evoluções. Em seguida, como a ave despencasse do céu à caça de uma presa, observei a aproximação do nobre e da deusa, de mãos dadas. Desapareceram ao fim de pouquíssimos segundos.

Dias depois desse acontecimento, com a pele curtida e negra de sol, ouvi Jahiz me informar, em um minuto de descanso entre as cabras:

– Daqui a dois dias, chegaremos a Palmira.

Senti um calafrio. A proximidade da cidade significava que teria de abandonar a vida livre do deserto, onde não me faltavam comida nem amigos, e retornar às dificuldades da montanha.

Na madrugada do dia seguinte, eu e ele nos separamos do grupo que estava acampado, com o objetivo de comprarmos suprimentos num povoado próximo. Quando voltássemos, as tendas seriam desarmadas e seguiríamos viagem. Em menos da metade do percurso, no entanto, fomos pegos de surpresa por uma tempestade de areia.

46

A tempestade

O vento nos empurrava e a areia castigava nossos corpos.

– Vamos morrer! – gritava Jahiz.

– Calma!

Andar era praticamente impossível. Muitas vezes, éramos jogados no chão.

– Não aguento!

– Vamos! – eu dizia, puxando Jahiz pelo manto.

Ele resfolegava. Seu rosto estava coberto de areia e suor. Não conseguíamos abrir os olhos direito.

– Vamos esperar um pouco – pediu.

– Não! Vamos em frente!

Com muito esforço, eu o pus novamente de pé. Não por muito tempo. Avançávamos de joelhos.

– Isso não vai parar nunca! – falou o garoto.

– Não fale! Respire!

Ao poucos, o diálogo se extinguiu. Ouvíamos somente o uivo do vento. Cada vez mais, a areia se avolumava e nos cobria. O sol era insuportável.

– Não durma, Jahiz! – disse, deitado a seu lado, vendo que fechava os olhos.

– Não... estou...

Ele não completou a frase. Chamei inúmeras vezes. Balancei seu corpo o quanto pude. Também sentia os efeitos do calor, da sede e do esforço. Era como se tivéssemos passado dias caminhando.

– Jahiz!

A última coisa de que me lembro é de também fechar os olhos. Acordei estirado de boca na areia. Ouvia o zunido do vento. Jahiz estava jogado um pouco mais à frente. O sol parecia enorme e a areia, extremamente calma. A tempestade tinha acabado. Fui até onde o garoto estava. Tentei acordá-lo. Ele estava morto.

Andei a tarde inteira até a noite e, desta, até a manhã do dia seguinte. Não fazia ideia de meu rumo. Fugia da morte, de olhos fechados, sobre o terreno fugidio do deserto.

A manhã estava prestes a acabar quando avistei as luzes de uma cidade. Tentei correr. As pernas não atendiam mais a meus comandos. Antes de alcançar o que pensava ser uma pequena vila, vi um homem magro e alto, de barba e cabelo grisalhos, óculos de aros redondos e rosto comprido, puxando uma mula pelo cabresto. Vinha em minha direção.

– Por favor, me socorra! – balbuciei.

Ele me colocou sobre a mula e voltou até a cidade. Fui amparado num quarto branco e amplo de móveis simples.

Despiram-me e me lavaram. Com a visão embaçada, ouvia apenas murmúrios.

No dia seguinte, despertei no interior do mesmo quarto. O sol entrava por entre as taliscas de um janelão de madeira.

– Bom dia! – sussurrou uma voz do lado esquerdo da cama.

Girei a cabeça e vi a figura do homem esguio. Estava sentado numa cadeira de balanço, ao lado de uma pequena cômoda. Tinha um livro de capa preta nas mãos.

– Onde estou? – perguntei, sentindo o corpo latejar.

– Na Academia dos Humildes. Sou o irmão Hieronymus. Estou aqui para ajudá-lo – disse ele. – Está precisando de alguma coisa?

– Tenho muita sede...

– Quanto a isso, acho que não há solução. Vai ter de esperar mais um pouco.

Lembrei-me de Tailir e da sede após o naufrágio. Hieronymus sorriu, espremendo os olhos:

– De onde você vem?

A pergunta me trouxe de volta à realidade. Lembrei-me da Tétrada. Suspirei. O irmão sorriu e pousou a mão em meu braço:

– O importante é que agora está conosco. E está bem.

Narrei toda a minha história para ele, desde a saída do Brasil. Emocionado, interrompi a narrativa algumas vezes, para chorar. Quando acabei a narrativa, ele falou:

Você pode ficar conosco pelo tempo que achar necessário.

Então me voltei para ele e perguntei:

– Mas, afinal, que cidade é essa?

Ele disse. E eu gargalhei. Estava em Palmira.

47

A Academia dos Humildes

Academia dos Humildes era uma fundação sem fins lucrativos que cuidava de crianças e jovens carentes de Palmira e dos arredores. Não estava ligada a uma igreja ou a um culto específico. Não possuía um ensino religioso tradicional, mas se atinha à "propagação da prática do bem". O único preceito que admitia era "amar a Deus de todo o coração e ao próximo como a si mesmo". Nisto haviam se especializado os "irmãos da humildade", em viver uma vida de caridade e dedicação ao bem-estar do semelhante.

Ao todo, eram doze irmãos, que partilhavam de um dos únicos bens materiais da Academia: a própria sede, o edifício imenso em que me recuperava e em que mais de mil crianças tinham aulas em turno integral.

– Estamos formando cidadãos comprometidos com a melhoria das condições de vida no mundo – explicou-me Hieronymus.

Havia disciplinas do currículo escolar padrão, cursos profissionalizantes, aulas livres, palestras, seminários, esporte, música, artes. Os meninos chegavam de manhã e saíam ao fim da tarde. A escola oferecia as refeições e o material de estudo.

Hieronymus informou que, a princípio, o dinheiro para a manutenção da instituição viera da herança deixada por seu fundador, um rico religioso suíço que, em começos do século XVIII, mudou-se para a Síria, com o interesse de iniciar obras sociais. Chamava-se Friedrich Helden, e a fundação que brotou de suas mãos cresceu ao longo dos séculos, sobrevivendo ao domínio otomano e aos conflitos armados no país.

Helden tinha levantado, praticamente sozinho, os muros da Academia, insistindo na única pregação que lhe parecia desejável e segura: a necessidade de transformar a caridade e o amor em ação.

Eu mantinha longas conversas com Hieronymus. Ele vinha me visitar no quarto, enquanto me recuperava da desidratação. Outros irmãos o acompanhavam e, quando enfim voltei a andar, me conduziam em passeios pelos jardins e aposentos do edifício.

Aspirando o ar puro e o perfume das plantas e flores dos canteiros, eu percorria os longos corredores. Acabei por conhecer os mínimos recantos da construção, que era monumental, mas não tinha luxo. Tampouco se via ali a rígida disciplina de colégio. Crianças e adolescentes andavam pelos quatro andares em liberdade, sem que fosse necessária a presença de professores para guiá-los. Os irmãos ocupavam uma ala no andar térreo. Moravam juntos. Não tinham dinheiro nem empregados. Alimentavam-se frugalmente.

Ao fim de um mês, eu estava plenamente curado. Comuniquei minha decisão de partir. Sentiria muita falta de todos, mas não podia retardar mais o retorno ao Caminho.

– Como você vai se manter? – perguntou Hieronymus.

– Mendigando.

– Tenho uma proposta. Você sabe línguas... Que tal ficar como professor?

– Agradeço. Mas preciso ir.

– Fique conosco mais um mês. Com o salário, não precisará se preocupar em se manter por algum tempo.

Meditei por alguns minutos e disse:

– Tudo bem.

Hoje sei que a proposta de Hieronymus tinha um objetivo mais nobre que me dar simples sustento. O contato com as crianças, sob os princípios da Academia, e minha contribuição para aquele projeto me transformaram. Jamais tinha conhecido ambiente tão pacífico. Sentia-me uma pessoa melhor.

Minha animação foi tanta, que extrapolei o prazo de um mês acordado com o irmão. Passei três meses ensinando. No último dia do terceiro mês de ensino, fui a seu escritório para receber os salários.

– Muito bem. Aqui está seu dinheiro – disse ele, me entregando um pacote.

Peguei o embrulho, agradecido, e me preparei para dizer o quanto estava triste por ter de partir. Entretanto, ele se adiantou:

– Antes de ir... gostaria de lhe pedir um último favor...

48

Favor

Hieronymus me pediu que fosse a Damasco. A Academia havia recebido uma encomenda do Líbano e não tinha quem pudesse buscá-la. O encarregado pelo serviço estava fora da cidade.

– Sei que vou atrasá-lo ainda mais e não pediria isso se não fosse extremamente necessário. Trata-se de um carregamento de leite, oferta de comerciantes de Beirute. Temo que, se não formos pegá-lo logo, o prazo de validade expire.

Como poderia lhes negar ajuda, depois de tudo o que me haviam feito? Tratei de me aprontar para a viagem. Iria de ônibus e contrataria os serviços de um caminhoneiro na volta.

Uma vez na capital da Síria, fui direto ao armazém onde estava a carga. Ela só seria liberada no dia seguinte. Dei entrada num hotel das redondezas e saí para passear e comer alguma coisa. Foi então que, numa esquina, topei com uma cena horrível: um homem, em farrapos, estava jogado no acostamento. Cheio de feridas, marcas e cicatrizes, cabelos longos, sujos, sangrava, imóvel.

– Você pode falar? – perguntei, num árabe sofrível.

Ele não respondeu. Nem ao menos abriu os olhos. Arfava. Os dentes da frente estavam quebrados. O sangue escorria do peito, onde havia uma série de ferimentos. Amarrei um pano limpo sobre o local.

– Venha! – disse.

Chamei um táxi e o levei a um hospital.

– Não há mais nada que o senhor possa fazer aqui – garantiu o médico plantonista, depois que todas as providências haviam sido tomadas para o internamento.

– Que houve com ele, doutor?

– Levou uma surra. Bateu com a cabeça. Foi esfaqueado. Quanto ao resto, é resultado de pulgas, piolhos e vermes.

– Vai ficar bem?

– Duvido.

Saí do hospital muito abalado. Na manhã seguinte, retornei ao armazém. A carga estava, exatamente, no mesmo lugar.

– Pode liberá-la? – perguntei ao responsável.

– Só à tarde.

Aproveitei para ir até o hospital. O homem estava na UTI. Segundo uma enfermeira, ele se recuperava bem.

Passei cinco dias em Damasco. Foi o tempo que a burocracia síria levou para liberar a encomenda da Academia. Todos os dias, eu visitava o homem e acompanhava sua melhora. No último deles, a enfermeira me informou:

– Já está consciente. Deve se restabelecer.

Tirei do bolso algum dinheiro do que Hieronymus tinha me dado pelas aulas, entreguei a ela e disse:

– Fique com metade. Entregue a outra metade a ele, quando tiver alta.

Ela sorriu e me beijou a bochecha. Aquele homem era o sueco.

De volta a Palmira, soube que alguém me procurou, durante os dias em que estive ausente.

– Quem era?

– Um negro, pequeno.

– Peeter?

– Não quis deixar recado.

Mas, naquela mesma noite, o pigmeu e Higgs voltaram para me visitar.

49

Visitantes inesperados

-Amigo! – exclamou o alemão ao me ver. Mas não parecia tão eufórico quanto de costume.

Estávamos num terraço da Academia. Os olhinhos de Peeter brilhavam muito e ele me deu um forte abraço. Convidei os dois a se sentarem. Higgs só o fez após consultar o pequeno.

– Como é que vocês me encontraram aqui? – perguntei.

– Ah, nos contaram na cidade. Tudo se sabe em *Palmirra*!...

Ele tinha envelhecido muito, ao longo dos últimos meses. Os fios brancos agora predominavam em seu cabelo. A pele estava vincada, os movimentos mais lerdos. Com Peeter, aconteceu o oposto: parecia mais jovem.

– E nossos companheiros, na montanha, como estão? – perguntei.

– N'A Fortaleza? Aquilo é uma droga!... Eu... – começou a dizer o alemão, mas se interrompeu, desviando o olhar para Peeter.

Aquela resposta me fez reparar em como os dois estavam vestidos. Usavam roupas novas e limpas. Estavam asseados, perfumados. Definitivamente, não tinham vindo da montanha.

– Não vão mais lá? – perguntei.

– *Orra*, a questão é que...

Mais uma vez, Higgs freou o que dizia, ao se dar conta da presença de Peeter.

– E então? – falei, mudando de assunto. – O que os trouxe até aqui? Estão apenas a passeio?

– Bem... é...

Esperei um longo minuto, mas Higgs não saiu de seu silêncio. Parecia contente com a resposta. Peeter sorria.

– Ainda estão hospedados em Palmira? – tentei, procurando desviar a conversa.

– Bom...

As reticências do alemão me deixaram intrigado.

– Higgs, o que é que vocês querem me contar?

– Nós?...

Decidi não insistir. Mas, de repente, escutei uma voz grave romper o silêncio:

– Já que ele não quer contar, conto eu.

Era Peeter quem falava, em inglês. Levei um tremendo susto. À medida que as palavras saíam de sua boca, percebia que sua fala era tão doce quanto os gestos. Com ela, narrou o que tinha ocorrido a eles.

Meses atrás, quando o dinheiro de Higgs havia acabado, eles tiveram de se mudar para a montanha. Peeter, então, decidiu abandonar o patrão. Mas eis que surgiu Leon, oferecendo três mil dólares para que deixassem o Caminho. Higgs aceitou a oferta, quando esta chegou a seis mil. Acontece que devia cerca de oito mil a Peeter, em salários. Deu tudo ao pequeno e ainda ficou lhe devendo dinheiro. Resultado: agora era o alemão quem trabalhava para o pigmeu.

Estavam de viagem marcada para Istambul, onde pretendiam abrir um restaurante. Tinham vindo para se despedir.

– Quando partem? – perguntei.

– Amanhã – respondeu o pequeno.

Despedimo-nos de madrugada. Eu estava emocionado. Mas precisava dormir. No dia seguinte, voltaria para A Fortaleza.

50

De volta
à montanha

Segui para A Fortaleza à tarde. Carregava um saco de roupas, comida e algumas cédulas de dinheiro. Meu interesse em achar a Pedra permanecia o mesmo.

– Estaremos aqui – disse Hieronymus, à saída de Palmira, e eu o abracei.

Temia ter esquecido a trilha para a montanha. Ao longo do percurso, no entanto, minha memória foi refrescada. Após atravessar o vale de arbustos, a primeira pessoa que vi foi Ali.

– Eles nunca vão embora – disse, apontando para mim. – Aí está mais um que volta. Estamos todos loucos. Loucos!

As coisas na montanha continuavam iguais. Apenas um rosto tinha sido acrescentado ao número dos aventureiros.

Além de Higgs, Peeter e do sueco, outros seis ermitões haviam desistido da busca.

Acomodei-me numa galeria, ao lado do fogo, entre amigos. E ali passei a noite, insone, com algumas frases do diário de Fleummer na cabeça:

"Procurei Deus por toda parte: nas cúpulas de Roma, nos pais, nos hereges e cismáticos. Despi-me de todos e achei o Cristo.

'Eu afirmo a vocês que isto é verdade: se vocês não mudarem de vida e não ficarem iguais às crianças, nunca entrarão no Reino do Céu'" (Mt 18,3).

Estava havia mais de um ano afastado de casa. Lembrava-me de tudo o que tinha passado. As cenas se repetiam em minha mente como num sonho. E uma imagem era constante: a do rosto de Sara.

"Por que abandonei um futuro seguro em minha terra para enfrentar essa viagem, causando tantos transtornos à minha mãe?", pensava. Pela primeira vez, eu me interrogava seriamente a esse respeito.

"Procurei Deus por toda parte: nas cúpulas de Roma, nos pais, nos hereges e cismáticos. Despi-me de todos e achei o Cristo.

'Eu afirmo a vocês que isto é verdade: se vocês não mudarem de vida e não ficarem iguais às crianças, nunca entrarão no Reino do Céu'" (Mt 18,3).

A inquietação de Fleummer tinha levado o nobre a abandonar a Europa em busca da "Verdade". De repente, eu me dava conta de que não fazia outra coisa atrás da Tétrada Diamantina.

"Procurei Deus por toda parte..."

As horas passavam, lentamente. De madrugada, me ocorreu um pensamento: será que eu não deveria perguntar a Almey Fleummer o que ele havia encontrado após sua peregrinação? Talvez fosse mais simples inquirir a mim mesmo, já que nossa busca era parecida.

Naquele instante, lembrei-me de Jesus diante de Pilatos: "O que é a verdade?", perguntou-lhe Pilatos (cf. Jo 18,38). E descobri, como por encanto, que possuía uma solução para o enigma.

Pela manhã, desci a encosta da montanha e retornei a Palmira. Voltava para a Academia dos Humildes. Em menos de 24 horas, desistia de morar n'A Fortaleza.

– O que é que você está fazendo aqui? – perguntou Hieronymus, entre alegre e espantado, à mesa do café da manhã.

– Você tem algum documento escrito por Friedrich Helden? – emendei.

– Por Helden? Sim, claro.

Hieronymus me levou até a biblioteca. Numa seção destinada a manuscritos, localizou uma pasta com escritos do fundador da Academia dos Humildes.

– Aqui está – disse, entregando-me um documento.

Apanhei a folha de papel. Passei os olhos sobre ela e senti uma vertigem.

– Sente-se. O que está acontecendo? – perguntou o irmão, preocupado.

Mas eu não o escutava. Minha atenção estava toda voltada para um detalhe: a letra de Friedrich Helden era idêntica à do lorde Almey Fleummer.

51

Na Índia

O avião aterrissou em Nova Délhi no começo da tarde. Enquanto esperava uma conexão que me levaria a Andhra Pradesh, resolvi telefonar para o Brasil. Há meses não me comunicava com minha família.

– Mãe, estou na Índia – disse, de um telefone público, quando a "velha" atendeu.

– Grande coisa! – respondeu ela, de imediato. – O que é que você está fazendo aí, menino?

– Vim atrás de uma amiga.

– Já sei: Sara.

Não me lembrava de ter citado uma única vez o nome da indiana para minha mãe. Se o fiz, o que parecia óbvio diante do que ela me dizia, foi de passagem, sem me demorar em pormenores.

– Como é que a senhora sabe?

– Ora, sou sua mãe – explicou. E encerrou a conversa com a mesma e eterna pergunta: – Afinal, quando é que você vem para casa?

Ao fim da tarde, peguei um voo com destino a Hyderabad. Lá, comprei passagem num caminhão velho e me dirigi ao distrito de Nalgonda, onde desci da condução e andei, acompanhado de um guia local, até o pequeno vilarejo de Usydapta.

– A senhora sabe onde fica, aqui, um hospital para atendimento de pessoas carentes? – perguntei, por intermédio do guia, a uma senhora que andava na rua principal do vilarejo.

– Hospital? – disse ela. – O hospital ficava nos arredores da vila, mas está desativado há mais de seis meses.

Recebi a notícia com uma pontada no peito. Segui até o lugar. Vegetação rasteira tomava conta da construção abandonada, um prédio simples, de dois pavimentos. Decepcionado, sondei as redondezas, procurando alguém que me pudesse dar alguma informação sobre Sara. Num arrabalde próximo, divisei alguns casebres, onde crianças brincavam sobre a lama.

– Ah, Sara voltou para a aldeia dela, em Karnataka, faz tempo, assim que o hospital fechou – informou um morador, completando: – Uma ótima pessoa. Excelente pessoa...

Retornei para Nalgonda, onde passei a noite numa hospedaria modesta, sem direito a café da manhã. No dia seguinte, parti para o Aeroporto de Hyderabad. Só haveria nova viagem a Karnataka de madrugada. Tive de esperar doze horas. Gastei boa parte do tempo pensando em Almey Fleummer.

Era incrível o fato de tantos caminheiros terem passado tão perto da Tétrada Diamantina, ao longo dos séculos, sem desconfiar. Nenhum tinha penetrado o simples segredo do francês. Ao dizer que se "despira" para encontrar o Cristo, Fleummer indicava, claramente, o caminho que trilharia. Encontrou um

Deus de profunda bondade, livre de dogmas, e compreendeu que esse Deus estava nele tanto quanto nos outros homens.

Aquele fidalgo europeu, que tinha percorrido a ortodoxia cristã, as fórmulas dos magos, rituais místicos, de repente se deparava com a única prática religiosa capaz de satisfazer sua alma inquieta. E ela não estava nos textos dos doutores da Igreja, nem em um credo específico, mas naquele ponto onde todas as crenças se encontram. Nas palavras de Jesus: "Façam aos outros o que querem que eles façam a vocês; pois isso é o que querem dizer a Lei de Moisés e os ensinamentos dos Profetas" (Mt 7,12).

Era a simplicidade desse preceito que confundia os aventureiros. Transformando-se em Friedrich Helden, o religioso suíço, no fim da vida, Fleummer dava seu derradeiro golpe nos desavisados e truncava o Caminho de todos aqueles que estavam dispostos a viver a Verdade que ele tinha descoberto: a prática do amor ao próximo.

A própria Ordem se deixava enganar por ele. Mantinha uma estrutura monumental para a pesquisa da Tétrada, nos quatro cantos do globo, mas estava tão distante da Pedra quanto qualquer caminheiro.

Achei o objeto, após três meses de buscas, dentro da Academia dos Humildes. Primeiro, foi preciso vasculhar todos os documentos deixados por Helden. Lendo-os, eu esperava descobrir um testamento ou coisa parecida, em que Fleummer se revelasse e dissesse o local onde escondeu a Tétrada. Em vez disso, achei uma porção de papéis com orientações burocráticas e filosóficas.

No fim de um desses textos, vi a frase que me levaria na direção certa: "Debaixo da biblioteca, guardo meu segredo", dizia Helden, encerrando um capítulo sobre a importância do conhecimento. A conclusão me pareceu fora de hora. Pensei que pudesse ser uma dica.

Quando pedi permissão a Hieronymus para escavar o chão da biblioteca, ele me disse:

– Sempre pensei que o segredo a que Helden se referia fossem os livros.

A biblioteca, nos tempos do fundador, localizava-se onde, atualmente, ficava o pátio da Academia. Munido de pás, picaretas e enxadas, parti para o trabalho. Irmãos, alunos e professores me ajudaram tanto quanto puderam.

Afinal, numa tarde chuvosa, após um dia exaustivo de trabalho, encontrei a peça. Estava envolvida num pano escuro, perto dos fundamentos da antiga construção. É um tetraedro de cinquenta centímetros de altura, fundido em ouro maciço. Suas faces são inteiramente cobertas por diamantes. Numa delas, há pedras maiores que formam a imagem da "Tétrada Sagrada" de Pitágoras, um símbolo que representa o homem realizado.

Naquele exato momento, eu me dei conta de que Fleummer tinha feito um investimento, ao mandar construir a Tétrada e enterrá-la. Sabia que, no futuro, valeria centenas de vezes mais e que seria achada em terreno da Academia; ou seja, o dinheiro multiplicado ficaria precisamente onde queria que ficasse.

– Não se preocupe. Boa parte desses milhões será sua – disse Hieronymus, quando expus o raciocínio.

Horas depois do achado, resolvi viajar à Índia. Agora era um pouco nervoso que eu tomava o avião rumo a Karnataka. De lá, fui a Pratapayr, a vila onde Sara morava. Contava com a ajuda de dois adolescentes, que me serviam de intérpretes. A um grupo de moças, perguntamos se conheciam a enfermeira. Elas indicaram uma casa. Na habitação humilde, uma senhora bastante idosa nos atendeu, risonha e afável.

– O que desejam? – perguntou em inglês, enxugando as mãos num pano.

– Falar com Sara.

– Sara? Sara não mora mais aqui, meu filho.

52

Fim

A senhora passou um bom tempo sondando meu rosto, de olhos apertados e sorriso nos lábios.

– Sabe dizer onde ela mora agora? – perguntei, aflito.

Ela continuava me fitando da mesma forma.

– Dê a mão, por favor.

Estranhei, mas fiz o que me pedia. Ela apanhou minha mão entre as suas e passou a acariciá-la. Depois de um minuto, falou:

– Você é o brasileiro que minha Sara conheceu na Grécia, não é?

Um arrepio percorreu meu corpo. Devo ter arregalado muito os olhos. Ela riu de minha expressão assustada. E explicou:

– Eu sou a avó dela.

Em seguida, convidou:

– Vamos. Por favor, entre!

Dentro da casinha, nós nos sentamos no chão. A avó de Sara me serviu chá.

– Ela não teria voltado se não fosse por aquele homem, sabe? – falou, passando-me uma xícara.

– Como?

– Sara. Ela não teria saído de Damasco se não fosse o negociante de pedras preciosas. Ele a ameaçou. Disse que iria matá-lo.

– Matar-me?

– Sim – disse ela, molhando os lábios no chá. E, depois de uma pausa: – Sempre fui contra o casamento deles. Sabia que tinha tudo para dar errado. Mas os avós paternos queriam, que se havia de fazer? Sara sofreu muito.

Calou-se, mirando o fundo da xícara. De olhos baixos, continuou:

– Sara sempre foi uma menina muito alegre. Aos três anos, fazia discursos para os bichos, no quintal. Quando completou nove, decidiu ser enfermeira. Queria salvar o papagaio da vizinha, que estava doente.

– A senhora sabe onde ela está?

– Em Rajasthan, meu filho. Você quer o endereço?

Disse que sim. Minutos depois, ela me entregou um papel anotado e uma foto de Sara.

– Está aqui. Espero que a encontre. Faz dois meses que não escreve. Estava desgostosa. Não sei o que aconteceu.

Terminei de tomar o chá, agradeci e me retirei. Não havia dado dez passos, quando ouvi sua voz, novamente:

– Não se esqueça de procurá-la. Ela o está esperando.

Voltei a Bangalore. Da capital de Karnataka, tomei mais um avião, dessa vez para o distante Estado do Rajasthan. No

Aeroporto de Jaipur, sua capital, peguei um voo para a cidade de Jodhpur. Finalmente, de carona num ônibus, cheguei a Jindba, a cidadezinha onde, segundo sua avó, Sara morava.

O vilarejo ficava sobre a colina, mas o motorista me disse que o carro não subiria até lá. Gastei um tempo inimaginável na subida. Quando enfim alcancei a cidadezinha, era noite. Não teria condições de encontrar ninguém àquela hora. Dormi na casa de gentis trabalhadores e, no dia seguinte, saí em busca de Sara. Percorrendo as ruazinhas do lugar, mostrava a foto da indiana aos moradores.

Ao fim da manhã, encontrei o local onde ela trabalhava, uma escola de pré-alfabetização, no centro de Jindba. Na secretaria do colégio, um homem de sorriso aberto parou de varrer para me apontar a sala da professora Sara, no final do corredor. De mãos geladas e coração disparado, demorei uma eternidade para percorrer a pequena distância. Quando o fiz, encontrei a sala fechada.

Bati na porta, ninguém respondeu. Então a abri, cautelosamente. Uma mulher de cabelos negros estava debruçada sobre a carteira de duas crianças. Sem saber o que dizer, parei sobre o chão de barro batido e limpei a garganta. Com o ruído, ela se virou. As crianças correram, rindo, e saíram da sala.

Sara usava um vestido amarelo. Sorriu para mim. Pulou nos meus braços. E nós nos beijamos.